生前身后

杨风军 著

团结出版社

图书在版编目（CIP）数据

生前身后 / 杨风军著. -- 北京 ： 团结出版社,
2023.12

（且持梦笔书其景 / 林目清主编）

ISBN 978-7-5234-0762-2

Ⅰ．①生… Ⅱ．①杨… Ⅲ．①散文集－中国－当代
Ⅳ．①I267

中国国家版本馆CIP数据核字(2024)第002811号

出 版	团结出版社
	（北京市东城区东皇城根南街84号　邮编：100006）
电 话	（010）65228880　65244790
网 址	http://www.tjpress.com
E-mail	65244790@163.com
经 销	全国新华书店
印 刷	成都市兴雅致印务有限责任公司
开 本	145mm×210mm　　1/32
印 张	68
字 数	1700千字
版 次	2024年4月第1版
印 次	2024年4月第1次印刷
书 号	978-7-5234-0762-2
定 价	398.00元（全9册）

目录

CONTENTS

父亲母亲

思绪留痕

故园山水

外面世界

他山之石

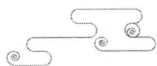

父亲母亲

生前身后

一

凝视着父亲艰难地咽了那口气后，我对生与死有了新的认识，人们常说的"人活一口气"原来如此的简单。可是，这口气在与生命相伴中却怎么又是那样的艰难呢？

父亲落草后，母亲嘱咐我："给你大把路钱子多剪些，关桥渡口气死霸王呢！"我悲痛地点头，心就像被谁狠狠地揪了一把。曾经以为那圆圆的好似麻钱子一样的东西只是人死后发葬时的一种用物，与生命没多大关系，因此，每每在行走的路上看见这种东西时，就像看到了一则发布的又有人死了的消息。这会儿便向同伴打听死者是哪个庄子的谁？如果死者与我没啥关系，我还会从路上一枚一枚拣起那圆圆的纸钱，待有数枚后再一扬手把拣起的纸钱抛向空中，看那如蝶般的纸钱翻飞飘荡，心里就有种说不出的快乐。我自己也说不清当时是一种什么样的心态。

我玩纸钱的事很快就传入父母的耳中，不用说我会受到父母的严厉训斥："那东西是你玩的吗？你就不怕把你的手烂了？"我感到这东西不寻常，无论是谁家撒的，都不是随便就能拣的，更不是能玩的。之后再看见它，我不敢再碰。

稍省世事后，每当我在某个早晨再看到那随风飘荡的路钱子，心里就会生出一种莫名其妙的伤感。我对和死人紧密联系在一起的圆圆的路钱子有了全新的感知：它是一个人从阳间走向阴曹的脚印，是通向另一个世界的路标。我为年幼无知时戏耍路钱子感到内疚，因为我的过失，可能给那些回家的灵魂造成麻烦，甚至将他们引向歧途。

感知归感知，没想到的是我成人还没几年，在母亲的嘱咐下亲手为父亲剪裁这种东西。我手中的这把剪刀原本是母亲的陪嫁品，自我记事时起，我看到的是母亲用这把剪刀把爷爷、父亲或哥哥、姐姐穿旧穿破的衣服裁剪，再做成适合我们穿的。裁剪下来的那些五彩花色的碎布片母亲舍不得丢弃，于是在劳动之余的夜晚，借着昏黄的油灯光再次裁剪后一针一针拼缝成尺寸合适的门帘或枕头顶。我明白母亲的话，为生前清贫的父亲多剪一些路钱子，但愿这些路钱子能为父亲的远行减少坎坷。剪着剪着，我对剪裁出与亡灵相关的它心生这样的意向：我忽然觉得，路钱子原来是一个人被岁月打磨成的最后留在世间的生命碎片。那碎片曾如参天大树枝头上的叶子，在岁月的阳光雨露下撑起生命之绿。抑或是灵魂归途中所需的盘缠。

二

天很冷，而且从父亲合口闭眼的那一刻开始，就下起了鹅毛大雪。

父亲离世的噩耗风雪无阻，仅仅几小时内就传入远远近近的庄间、邻里和亲朋好友的耳中，很快我家院子里站满了人。

一切都按先祖留下的礼仪行事。

一切都在请来的总管安排下进行。

围灵、承孝、敬香、焚纸……"守孝不离方寸地"。

在守望亡灵的分分秒秒中，我开始为父亲灵魂的归途制作圆圆的路钱子。我相信母亲的话。我用大张白纸剪裁着一枚枚圆圆的路钱子。在剪裁中，我强烈地感受到那一枚枚薄薄的纸钱重如磐石压在我的心头。

父亲灵前的香炷吐着一缕淡蓝色的烟，袅袅地从窗户的缝隙间溜出。不时有风挤进房间，灵纸哗哗作响，蜡烛的火苗被风掀得忽闪闪的，宛如一个打趔趄的人。于是，我就想到了肩挑重担在崎岖不平的道路上勇往直前的父亲。

父亲一生向善、刚毅、守信。信奉"没有上不去的山，没有趟不过的河"这一人生信条。这就注定他要强，不相信命运的性格。

为父亲前来敬香的人披一身雪。我很受感动。我想，这也许是上苍为父亲的离世而散发海孝。不然为啥这雪迟不下早不下，正好在父亲咽了那口气时它才下？在为父亲拨亮头前的长明油灯时，我的血管中流淌着一种灼灼的痛。我感到一堵为我遮挡风雨的墙倒塌了，一股冬日的冷风灌进领口，直入我生命深处。

三

我精心剪裁着路钱子。看见的人都说够了。可我还是将几大张卷起的纸展开折平，然后细心地折叠剪裁，我担心路钱子少了，那阴间诸多关口的把守真会难为父亲。就像父亲生前为我们出门时多给一些钱一样，他总担心出门在外的我们钱不够花，遭人白眼。

烛光摇曳。寒冷的冬夜里，仍有贺岁的爆竹声忽隐忽现。我想起去年的年三十儿。

父亲捎话带信，叫我们回老家过年。老人不图儿女为他们做多大贡献，一辈子只求个团团圆圆。见我们都回来了，他的脸上漾着自豪。他换上新衣，背着手在院子中逗孙子孙女们。夕阳好似一枚铜锣，给年关散溢着喜气。父亲坐在门台子上，老猫一样哼着心曲儿，花白的胡须一翘一翘的，逗得孙儿孙女"咯咯咯"的笑。他督催我们早早贴好对联，印好纸钱。俨然一位老爷的派头。然而，他一生何曾做过一回老爷？

吃过年夜饭，父亲净了手，亲自在堂桌前上了香，焚了裱。父亲说："不经意一年又完了，这年好过，月可不好过！开春，我准备把坪上的地整一整，好种瓜，你们看行不行。"

我们哥几个只顾了玩牌，爱理不理地说："就不下那个苦了吧！"

"看你们说的，庄稼汉不下苦还有好日子过吗？"

"那就少种上点，够吃就行了。"我们一边玩一边很随便地说。坐在炕头的母亲也帮我们说话："都有一把年纪了，还那么要强！依我看还是不种的好。"

父亲窝了一眼母亲。母亲赶忙收住话，去灶房捞肉去了。

我们知道父亲的秉性，想要做什么，谁也别想拦住他。因此，他想往坪上种瓜的事就这么定下来了。

母亲从灶房大锅中将散溢着浓香的肉捞出盛入瓦盆端来，招呼了一声："啃骨头了。"

我们围坐在炕桌周围，伸手抓起盘子中冒着香气的肉块，各自吃得津津有味。父亲手里拿着一块脊椎骨，将上面的瘦肉撕下来，挨个给孙子孙女们一蛋儿一蛋儿地喂进口中。看着雏鸟一样的他们依此张口吞食，我想起了每年春天房廊檐下的巢中那一只只燕儿。想起我们小时候。真没想到，如此祥和的年夜竟然是我们和父亲在一起过的最后一个。

四

夜很冷，几位年长的乡老和衣斜三顺四地躺在炕上。一炷炷香在父亲的灵前化为灰烟。年关的爆竹声时远时近的炸响。我将精心剪裁好的路钱子一枚一枚地往棍子上串，仿佛在串父亲一生的脚印。恍惚间，圆圆的路钱子化成父亲那慈祥的面容，又将我带入了曾经的岁月。

"小虎和你哥哥都把书包放下，背土垫后圈。"

我们很不情愿地背起背斗。那时，农村常用的运输工具就是背斗和笼子。一把光阴全靠背和担。我还没站稳，父亲铲起的一铁锨土就进了我身后的背斗，我一个坐蹲子，惹得哥哥大笑，还用手在脸上比画着羞我。父亲把我提起，叫我站稳，然后，又给我身后的背斗里添了一铁锨土。有时农活太多，我们干累了便偷偷地小声咒骂："每天只知道叫我们干活，咋不快死了去？"咒骂归咒骂，可决不许他人骂。就连同伴叫一声父亲的名字都感到是骂父亲，为此，我和哥哥时常联合起来对付喊父亲名字的孩子。有几个挨打的有时会被父母领着找到我家，追问打的原因。我和哥哥就会异口同声地说："谁叫你们的娃娃喊我大的名字呢？"在父母面前，这不是理由，只要我们兄弟姊妹有过错，父母是绝不迁就的，更何况我们打了人。也为此，我和哥哥没少挨父亲的打。

看着双目紧闭的父亲，说什么我也不会相信他将永远离开我们。此刻，我是多么想听见他喊我乳名的声音啊！

去年他还计划往坪上种瓜呢，可瓜没种成，他却把灵魂的家选在了这块黄土地里。

拥有时不知道珍惜，失去后方感悔恨。这是我们做儿女的通病。嘴上哼着"常回家看看"，可一年半载又能回去几次？

守在父亲的脚底下，看一眼躺在地上的父亲，再看一眼。人生仿佛一场梦。

可此时，我是不会相信父亲会永远离开我们远去的。在我视野中的父亲，分明是犁地犁乏了，躺在地上歇缓呢！他说过，还要往坪上的那块地里种瓜呢。他怎么会轻易地走了呢？

我看见他扶着犁，吆喝着那对黄牛在光阴的土地上耕耘背影，看见他弯腰挥镰收割小麦的利落。

就是在今年的夏天，他还教我犁地呢。

五

听说父亲病了，我回家去看他。母亲说："你大天没亮就套牛到坪上的地去了。"

"他有病咋还套牛呢？"我惊异地问。

"一点小病，他是闲不住的人……"

我放下手中的东西，去坪上看父亲。

无风，日头很毒。缺少雨水的黄土梁峁上，这儿一丛蒿草，那儿一簇骆驼篷，却依然撑起令人感动的生命之绿。已是正午，氤氲似水哗哗闪动，山野静静地被火一样的阳光炙烤着，散发出呛人的土腥。

爬上山梁，我一眼就看见父亲那黝黑的背影。他佝偻着身躯，扶着犁杖，跟在黄牛的屁股后不紧不慢地走着。新翻的土地梳理过的长发一样松软。地头边的笼子里几块干裂的牛粪上爬着几只嬉戏的绿苍蝇，插在地埂子旁边的铁锹如一竿标尺，那影子几乎缩成一个黑点。

我走近父亲，他竟然一点也没觉察，他十分投入的注视犁沟，亲昵地骂着牛，催它们用力。父亲的脊背正对着太阳，白花花的汗碱敷在衣衫上，卷起的袖管和裤腿高低错落地掩饰着父亲青筋暴露的四肢。我的鼻子挨了拳击似的一阵酸。

"大，都晌午了，你咋还不卸牛？"

父亲抬起头，吆喝了一声停住牛，"剩不多的一点了，我想一便手犁完。"

"今天犁不完，还有明天呢吗。"

"看这娃娃说的，一天有一天的事呢。"

我无话可说，掏出一支烟给父亲点燃。父亲蹲到地埂上，深深地吸了口，蓝色的烟雾蛇一样从他的鼻孔钻出。

"大，你歇缓着，我来犁剩下的这点。"

父亲深情地打量了我一眼，帮我把牛调回头。我接过父亲手中的鞭子和犁炳，扬鞭催牛。目视犁铧翻起的土浪，我感到眩晕，一趟地还没犁出头，汗水就浸透了我的衣衫。

六

在犁父亲没有犁完的那点地时，我思绪杂陈，我不明白，父亲为啥舍弃吃"皇粮"的差事，选择这份土里刨食的活干呢？

从小就听村子里和父亲年龄相当的人都说，父亲原来是有一份工作的。我问过父亲，他轻描淡写地说自己不识字，干那份工作比犁地还苦。

犁完最后一垄地，阳光又将人与物的影子拉长。父亲把笼子挑在铁锹上一边走一边还留心路上的粪便柴草，晃荡的笼子在父亲的手里渐渐就沉重了。我猛然觉得那笼中装的不是拣到的粪便柴草，而是致富的经典。

吃过午饭，我说服父亲去看医生。

父亲换上那身出远门和走亲戚时才穿的衣服。走出豁口，深深的巷道荫凉处歇缓着一群群羊。一只犄角弯曲紧贴耳边的雄壮羝胡，目中无人地仰起头分辨着母羊发情的气息。巷道里飘散着羊尿的腥膻。父亲夸赞着如雪堆一样的羊群，夸赞着能精心牧羊的人。

父亲说："羊可是庄稼汉的宝，养上几只手头也就活泛了。缺钱了卖上一只，不求人。年头节下宰一个两个，大人娃娃吃个欢。"

我从父亲的话音里听出他还想养羊的想法。两年前，我家有一群羊，父亲为了给我们拉扯媳妇，相继变卖了。

我和父亲一路拉着家常，不经意就到了高楼耸立的长街。长街两旁店铺林立，如潮的人流喧嚣出一派繁荣昌盛。

来到镇中心医院门口，父亲说啥也不进去。他像是有一种"一朝遭蛇咬，十年怕井绳"的惶恐。

"你忙你的去吧，我去姚大夫那儿看，一点小病，不妨事。"

我知道他想找借口不去看医生的缘由：他是怕进去后，又取回一些价格昂贵的特效药。

无论我咋说，父亲是坚决不去医院看医生。

姚大夫是一个江湖郎中。听人说医术不错。方圆几十里地的许多患者经常找他看病。他开的诊所里每天都挤满前来看病买药的人。我知道父亲也是一个只相信人，不相信科学的患者，只好由他去了。

七

夜风蛇一样从门槛下边的缝隙钻进房子，悬挂的灵纸微微地晃动了一下。我手中的路钱子无言地诉说着一个关于人生的话题。

儿子是父亲生命的延续，女子是母亲生命的延续。

无论男性还是女性，其生命在繁行中都会被无情的岁月打磨。成长历程中那红红的方方正正的禧帖是生命路上的一道风景，它点燃了生命延续的洞房花烛后，又经历风霜雪雨地侵蚀，渐渐消磨了棱角和鲜艳的色彩，在某个时段悄无声息地从生命中消失；那洁白的圆圆的路钱子是生命路上的又一道风景，它揭示了生命的最终去向，好似人生前行的路标。

我不知道迎亲的禧帖和送葬的路钱子之间到底有没有必然联系？但我从一桩桩婚丧嫁娶的世事中，明白了这两种东西的内涵。

再次见到父亲是在医院。

深秋的天气凉风习习，随风凋零的树叶蝙蝠一样乱飞。接到哥哥的电话，我赶往医院。

父亲蜷缩在病床上，病痛使他如一个俯首请罪的臣子。深陷的双眼中依然射出那种震慑人心的骨气。

正如父亲所担心的那样，一台台收费电脑像是张着血盆大口的食钞兽，患者的病还没有诊断清，上千元的钱已被它吞入腹中。

经过几乎所有的现代医疗器械的诊断，父亲的病症依然无法确定。

我那总为儿女着想的父亲在和病魔搏斗中，病一天比一天重，形销骨立。

"娃娃，咱们回家吧，这地方不是人蹩的！"

我强忍住泪。我知道父亲是想家了。那个山村的农家小院才是他能感到温馨的地方。就在那个小院里的上房炕上，他给我们讲过他是怎样迎娶母亲的。

那是怎样的一种场面？

我看见穿一身青色绸面棉衣，胸前戴一朵大红礼花，顶着一顶瓜皮帽的英俊男子，牵一头脖子上悬挂着铜铃铛的毛驴，沿着一路红禧帖的缠绵，在铜铃铛"丁零、丁零"的做响声中，将一个被红盖头遮掩的女子娶进那间茅草屋。从此，一个用责任围起来的天地里有了他们的影子，那便是我的父亲和母亲。

那确实是一个叫人魂牵梦萦的地方。

八

回家。

在父亲的强烈要求下，我们离开了医院。这是冬日的正午，我们回到那个属于我们的农家小院。刚一进门，父亲就转头看见那对歇晌的老牛卧在槽边，睁着饱经风霜的眼睛，在红彤彤的阳光下，表达着不可捉摸的恩情。卸下笼头的嘴不停地咀嚼着，像是在品味现实。看见父亲，两头牛"突"地站起来，像似久别的朋友相逢，思想自两唇间进出，压缩成两声深情地问候："哞——哞——"

那一刻，我的父亲抚摸着它们橘红色的身躯，泪如雨下……

我为父亲精心的剪制了 24920 枚圆圆的路钱子。它是父亲一生中积攒下的每一天生活的结晶，是父亲留在身后的一串串脚印。是父亲为 70 年的时光画下的句号。

我参加工作后认识了一些朋友，于是，也就有了查阅父亲档案的牵线者，曾经找朋友从县档案馆查看了父亲的档案。档案中记载着父亲生平事迹。生于1931年10月，小时候给地主家放羊。14岁被马匪抓去充丁，开拔途中被人民军队营救。参加过抗美援朝战争。是一名出色的重机枪手。转业后，积极投身社会主义建设，率领百万民众修公路、筑堤坝，被建设指挥部授予"施工能手"称号……

我隐隐约约听到几声狗吠，我的心里蔓延着一种说不清的疼痛。我从书本上知道，狗是夜的眼睛，是乡村的耳朵。此时，它是听见了父亲在寒夜里的脚步声吗？

我清清楚楚地知道，父亲是不愿在这年关的夜里出门远行的，我的眼前浮现出父亲向我们道别的那一幕。

那是正月初五凌晨，我那放弃了生的念头的父亲把我们唤到他的头前，睁大眼睛深情地打量了每一个人后，向围在他头前的老伴和儿女交代："我不行了。活着时也没少拖累你们，这回住院花了很多钱，我琢磨着老大、老二的光阴好一点，这些钱你两个替大出了。老三的光阴不太好，老四的媳妇还没娶上，我走后还得你们操心。"父亲很吃力地叮咛着。浑浊的双眼中溢出清亮亮的亲情。

父亲缓了缓，鼓足力气接着说："还有老三结婚时借了你们舅舅的钱没还，卖上一头牛给人家还清，我死后就埋到坪上，别忘了给……"

倾听着父亲放弃生的念头后的嘱咐，我们泪流满面。一生清清白白、堂堂正正做人的父亲在生命的最后时刻，把"向善、刚直、奋斗"的人生理念传给我们。父亲气若游丝，他扯心着我们，很难跨出这一步。他明白这是生与死的一步，虽然只是一口气，但这口气不咽，就能证明人还活着，就能沉浮起一个生命的个体，在父亲这个个体意念中还有许多没来得及做的事。他答应给村里的牛娃说媒呢，他还计划买几只羊放，让好转的光阴再殷实点，他说开过年就翻修房子……他怎么能轻易地跨出这一步呢？

九

又传来几声狗吠，漆黑的夜慢吞吞地睁开眼睛。院子里响起脚踩积雪的"咯吱"声。

前来父亲灵前祭奠的人络绎不绝，一炷接一炷的香被点燃。来人都说父亲是好人。生前接济过很多生活困难的人。3 年困难时期，就是父亲让他们穿上大鞋去队里的粮仓装上缴的公粮，出粮仓被其他干部搜了浑身上下口袋后赶忙回家脱鞋倒出鞋壳里的粮食，然后和草根树皮充饥。他们还说父亲给队里放羊的那年月，山里狼多，其他羊把式放牧的羊屡屡被狼袭击，唯有父亲的羊群没有损伤。他为了羊曾和两只狼搏斗，把其中一只狼腿打断……我像是听一个个传奇故事。这故事如此惊心动魄，如此沁人心脾，这样的故事在保护生产队的财产中呈现出父亲怎样的德行？这样的故事像一缕缕阳光、一滴滴雨露，我们就在这种阳光雨露下渐次长大……

我将自己精心为父亲剪裁的路钱子一枚一枚串在一根细棍上，忽然，我的视野里就长出一棵参天大树。那是一棵生长在贫瘠的黄土地上的树，是一棵历经风霜坚守正道的树，是一棵曾经为儿女子孙撑起希望的树。它的枝头挂满圆圆的叶片，无论春夏与秋冬，都向世人展示生命的意义……

在我为人之父之后，我才真切地感到，我那如树的父亲一生的艰难都是为了儿女，他用心血和大爱浇灌我们的生命，而我们却忽视了他生命的许多细节。

我的心里蔓延着一种难以名状的伤痛和内疚。但愿这 24920 枚圆圆的路钱子能使我饱尝苦难的父亲的灵魂在归途中免遭其难！

我将串好的路钱子放在父亲的灵前，无比沉痛得移到父亲的头前双膝跪地，在长明油灯的光亮中，审视没有气息的父亲，白色洁净的苦脸纸下，那副失去血色略显蜡黄的面容却依然彰显着刚直不阿的气象，此时此刻，我还能为他做什么呢？

天下父亲。

天下父亲，大凡一如我的父亲一样普通，在生命的繁衍生息过程中实现人生价值，他们的人生价值一般不会彪炳史册，但其言行会像小雨一样滋润儿女的心田。

房外传来脚踩积雪的声音，我明白苍天在为父亲立言，在茫茫白色中我看到父亲不畏五斗米折腰的男子汉骨气氤氲般波动，看见父亲向远的伟岸背影。

父亲把自己的归宿选在山野，选在他生前带病翻晒的那块地里。父亲说今年在这块地里种瓜，可瓜还没种，他却化作一颗种子埋进土里。他想用瓜的甜美给我们留下苦难生活中的念想，他做到了……

那段刻骨铭心的历史

20 世纪 80 年代初，我收到一份来自固原师范录取通知书，那一刻，我感到一张纸与另一张纸的不同分量。为了这张纸，我在老师的教导下勤学、苦读，不知燃干了多少盏灯油。从接到通知到离开故乡山脚下的小山村的这段时间，村头巷尾谈论的都是关于我的话题，那段时间父母脸上洋溢着自豪，仿佛我生来就是光尊耀组的。

告别了那座魂牵梦萦的农家小院，沿着盛开着蓝蓝的马莲花小路，在父亲的陪伴下，我走进固原师范，开始了另一种学习、生活。转眼 3 年就过去了。3 年的时光让我完成从农村到城市的转变，从本质上来说摆脱了农耕生活。师范毕业后，我很幸运地被分配到家乡的一所中学任教，从事教育 17 个春秋后，我又一次离开故乡，又被一张神奇的称作调令的纸牵引进了固原城，从此便开始了新的生活。工作之余，常常将自我包装后出没于饭局、舞厅，在无奈的应酬中以青春作代价打发着时光。然而，每每静下心来，记忆的底片上总有那么些人和事或器物会悄然映现，仿佛久旱的秧苗被雨水滋润，那种鲜明叫我激动。虽然说有些人和物已从故土上消失，但无论如何他（它）们从我的脑海中是难以隐遁的。他（它）们化为精灵，在似水流年中无言地诉说着。于是，一个又一个散发着温馨的故事感动着我的灵魂。我流着泪，点着头，倾心地听着……

让我感到揪心般疼痛的是两口老碗所演绎的故事。记忆中，三婶活着时，用过两口老碗，在我的家乡有时把大改成老叫，也有把只换作口的，换作口，我以为是一种情感，是把生活中的物件当作家庭成员。关于寺口子的传说最能说明这点。在我的故乡有一处闻名遐迩的佛教圣地叫须弥山，是中国十大石窟之一，须弥山在当地民间叫寺口子，传说有一村民住在山那边，一日和老婆去跟集，老婆有身孕，骑驴去。集散，行至须弥山口，见南北山峰移动，紧急之时，牵驴的男子大喊一声："天啊，我的四口子。"一声即出，山峰停止，留下一处通往山那边的豁口，从此，当地人就把这里叫四口子，后来，因有了寺院，在历代文人的笔下把四改写成了寺。可见，我故乡的父老乡亲对生活中的事物是多么重情重义。老碗也就是比普通碗大的一种碗。我见过：老碗黑不溜秋的，像是油垢没洗净。一个釉黑红，一个釉褐色。

说来还真叫人感动。这两个又粗又丑的老碗都深得三婶喜爱，三婶没有因黑老碗之黑而鄙薄它，也不因褐色老碗之色而厚待它。原因是两个老碗之于三婶，都能盛茶盛饭盛菜，而所盛之物皆不因釉彩的不同而生出不同的味道来。

三婶是没有经过明媒正娶就做了我三叔父的媳妇，她没有怨天尤人。这从以后的生活就可以看出。我三叔父是个残疾人，行动不便，当时是绝对没有人会嫁给像他这样的残废。而三婶却嫁给了他，人们都说我三叔命大，有这样一个女人侍奉他纯属天意。那时，我还不知道天意是什么？我只知道这人间竟有这样知恩善报有情有义的女人。当然三婶嫁给三叔是有故事的。

那是一个数九寒天的黄昏，爷爷去深居山里的亲戚家借粮回家时，途中遇到饿昏的三婶。那时三婶还是个闺女，身穿单薄破旧的黑棉袄棉裤，棉裤膝盖处露出的棉花吊穗穗。蓬乱的头发遮掩着一张灰暗发紫的脸，任凭冬日的寒风粗野地蹂躏。爷爷是个半达子江湖郎中，一把脉，便断定此女子还有一口气。"救人一命，胜造七级浮屠。"爷爷啥也没想，就把她背回了家。她手紧紧地攥着一个黑釉大碗的边，黑釉大碗边有几处指甲皮大小的缺口，让人感到隐隐约约的伤痛。爷爷把她放在正屋的热炕上，喊来我娘，嘱咐我娘好好照看她，就这样，在我娘的精心照料下，她慢慢地苏醒了。也许就是人们常说的缘分，从此，她就成了我们家族中的一员，侍候半瘫在炕上的三叔父。日久，我们这辈的男女就叫她三婶。在故乡，被我们唤作婶婶的，都是过了门的嫁给父亲弟弟的女人。惟三婶例外，其实她根本就没过门。我们这么叫她是为了确定她在我们家族中的名分。

我从小就见三叔经常端着盛有玉米粒和树皮熬就的稀糊糊的黑釉老碗，蹴在西房炕垴，呼啦啦灌下一碗，呼啦啦又灌下一碗。那样儿饿极贪极，后终因饥饿一身浮肿便再也没能爬起。

送走了三叔父，三婶就把那个豁了一个小口的黑釉老碗收起来了。只有到了年头节下或三叔父的祭日，她才会拿出那老碗，盛上好吃的东西，献于桌前。然后点燃香炉中的香，坐在炕头静静的观望，在我童年的思想中，我无法预测她心中守望的该是什么？

在我的家乡，妇女们最爱置办锅台上的用品，而这些用品多半是用废旧的东西换来的。收起黑釉老碗后，我家的锅台上又多了一只褐釉老碗，这我是知道它的来历的。

在一个蜻蜓上下翻飞的秋日，我和伙伴们在巷道里玩杏核，有一货郎挑着针头线脑、碟子碗筷和各种糖果吆喝着："烂鞋头发换碟子换针线糖果啦——"吆喝声好似带钩的钓线，在初秋温馨的阳光下，抛入果香四溢的村落。听到吆喝的婆娘们和孩子们，停下手中的活计，像一尾尾鱼儿被货郎钓出家门。她们围住货郎，用积攒下的破鞋废铁头发兑换她们想要的东西。我跑回家找破烂东西准备换籽麻糖，一进门我就看见三婶从门沿缝隙间清理出一蛋儿一蛋儿平日塞进去的头发，这积少成多的头发都是从三婶头上掉下来的，她每天梳头时，把落地的头发拾起后缠绕到一起塞进门框缝隙处，积攒多了抠出来跟进村的货郎换些针头线脑、瓷盘碗勺。那天中午，我随着三婶一同来到货郎面前，只见她细心地挑拣了一个褐釉大碗，然后把包好的头发交给货郎，货郎称了头发，又给她搭了两小块籽麻糖，三婶把糖给了我，拿着褐釉大碗，得了宝贝似的回家。三婶唤我给那个货郎送去一碗茶水和一块高粱面馒头。

在之后的生活之中，三婶就用这碗泡茶吃饭。没人因她端着这样的老碗而嫌她粗。

后来，爷爷中风瘫痪，三婶便头前炕后的伺候。村子里没有不夸她的。三婶把煎好的药盛在褐色的老碗中，极有耐心的凉到温热，再用勺子一勺一勺地把药汤送进爷爷的嘴里。那阵子，爷爷好像不是在喝药，而是在喝一种人间少有的生命之液。

风忽然飘起，又忽然消失。在我的心中，这个世界却在三婶的行为中滋长着敬慕和诱惑。我也说不清是为啥，就从某一天开时渴望吃三婶手中褐色老碗里的任何东西。不知不觉，我的渴望化为对瘫痪在堂屋炕上爷爷的妒忌。我从内心盼着爷爷快死，只有爷爷死了，我才有可能吃上褐色老碗中的东西。看着三婶端着褐色老碗给爷爷喂吃的，我的咽舌就下来，为此，娘不止一次用筷头蘸盐点我的咽舌。

爷爷是在一个深冬过世的。人们都说爷爷的金银财宝全叫三婶得了，对这我毫不在意。我所关心的是褐色老碗中的东西。我终于得到了，就在爷爷过世的前一天，三婶给爷爷喂褐色老碗中的食物，那是用少许白面做的葱花面，爷爷无法食咽，三婶看见站在爷爷头前淌醋水的我，就把这碗葱花面给了我。这是我省事后才明白，我所得到的原来是尘世间最宝贵的东西，是苦难生活中的大爱，是人间儿女情长中的报答、感恩，是人生中最纯洁的坚守，这些全是三婶给我的。

三婶做得一手好茶饭，村里来了检查工作的干部，队长就派三婶去给他们做饭，干部们吃饱喝足，满面洋溢着惬意。自然，我们村年年受到表扬，队部里贴着一溜一溜的奖状。

三婶在我们村里也算那种风姿绰约的女人，因了未再嫁，遂有男人借来我家浪门子，找岔子和三婶说话，但他们不敢妄为。有许多丧妻的中年男人请我娘给他们牵线说媒，我娘劝三婶改嫁，三婶说："好嫂子，你的心意我领了，我的命是杨家人捡回来的，今生今世，我生为杨家人，死为杨家鬼。"娘被三婶的忠烈感动。

在我的故乡有一种约定俗成的习惯，每月的二、五、八就是集日，方圆几十里地的村民都有跟集的习惯，这也为一方经济发展创造了便利条件。那时，每年的夏日，三婶便会带上锅、碗和一具小风炉去赶镇上的集，她去卖大碗凉茶。那阵子我觉得三婶真是一位了不起的女人。经三婶炮制的茶水仿佛一剂良药，能祛人心头之火。三婶炮制的大碗凉茶不但爽口，而且解渴。她用凉茶换来的钱买来油盐酱醋，调味我们那段苦涩的生活。

队长常来我家讨茶喝。又一日，队长进门，见我娘和我大都没在，心里忽地生出许多温存。队长靠近三婶，看她亲手泡茶。三婶泡了茶，少顷，提起茶壶，先用细瓷蓝边小白碗盛茶，队长端起碗一口气喝下。接着，三婶又用褐色老碗盛茶，队长不解其意，三婶说："你把这碗茶喝了，我再问你话。"队长说："莫说是碗茶，就是碗毒药我也一口喝光。"说着，那个褐色老碗已端在他的嘴边。队长喝完，三婶问："哪个碗中的茶味道好？"队长说："都一样。"三婶这才告诉他："我们女人就像这两个碗中的茶一样，碗看起来不一样，可茶味却是一样的！"

三婶对我们姊妹像亲娘一样疼爱。可我们都叫她婶婶，我心里明白，婶婶和娘不一样。但我更清楚，三婶是多么想有孩子叫她娘。于是，我父母商定，把我过继了三婶，从此，我改口叫三婶为娘。人一辈子有一个娘就已经很幸福了，而我却有两个娘。我在两个娘的偏爱中，身体强壮于同龄中的任何一个。那个褐釉老碗成了我的专用餐具，我偶尔会从碗底吃出鲜嫩的荷包蛋。那一刻，一种像蜜一样的东西就会把我浸透，香甜渗入我的骨头。我一点一点蚕吃桑叶般的品尝开在褐色老碗底的荷包。两个娘叮嘱，赶快吃，今天是你的生日，弟弟妹妹看着了也要吃。至今，我还为那段苦难的日子而兴奋。

后来所发生的事，我无论如何都无法接受的。7月正午火一样的阳光下，在万人举拳的声讨中，我改口叫娘的人一夜之间竟成了潜藏的特务。她的脖子上挂着一个白色的牌子；牌子上写着"特务"二字。在我还尚且不知道特务是干什么的时候，我的娘在民众的谴责声中，在不愿玷污我家的清白的静夜里，为了一种叫名分的东西，用一根细麻绳悬梁自尽。从此，我家灶台上再也没出现过深色釉彩的老碗。从此每逢祭祖的日子，我都会独自为那含冤九泉之下的娘焚烧纸钱，为那座静卧在荒郊的孤坟添土。我的心头多了一团难以绕过的绿。

一种事物悄然消失，另一种事物又悄然出现。在消失和出现的更迭中，我也长大了，我明白了什么是历史。就这样，不经意间，我的娘成了历史，那黑釉和褐釉老碗也成了历史。然而，我却无法忘却在历史中沉淀下来的人生经历，那段刻骨铭心的历史时刻警醒着我……

母亲的舞台

母亲是西海固许许多多普通妇女中的一员，是典型的农家妇女。她虽不是演员，却在属于自己的舞台上上演一幕幕真真切切的人间沧桑。

在鸡鸣拉开夜的幕布后，母亲便自然地出台，走出家院，沿着沟通和连接远远近近的风景及往复更替一年四季的小路走向田野。开始在苍穹之下，大地之上的舞台空间舞动，弯腰举手间展现出生动，抹汗喘息间透出坚韧。

虫鸣鸟语为她伴奏，炽热的太阳给她照明。

所有的农具都会成为她得心应手的道具。舞锹挥镰如愚公一样将生活中的苦难大山铲平，把一天天、一年年的光阴收割。

不知有多少个夜晚，母亲小心翼翼地摘下含乳入睡的儿女，借着月光在田间地头劳作，在山坡麦浪起伏的寂静中蠕动，那是怎样一幅引人深思的剪影呢？

成长的经历中，我是一个痴迷于母亲的观众，我被母亲的言行哺育，我惊叹母亲在人生大舞台上的超常魅力，但更感动她在生活小舞台上的精彩发挥。

我是食人间烟火长大的，我无法忘记母亲举炊烹饪间的那种潇洒。

在西海固农村，依然延续着古老的起居习俗：筑墙为院，砌灶为家。于是，在村庄偌大的空间，用黄土隔出很私人化的一隅，因此，家便成了泊息的港，港连通大千世界。

从我省事时，我就目睹和感受着母亲用自己博大的爱和炽热的情温暖起来的农家院落中的悲欢。

那绝对是一种刻骨铭心。

那绝对是一种穿透皮肤的渗透。

那是中华文明中五行学的完美体现。

锅、碗、瓢、盆、桶，金、木、水、火、土齐齐相遇，撞击出和谐与温馨。

三尺灶台垒起的舞台间，母亲俯着一张被旺腾炉火映亮、被暄软蒸汽濡湿的脸，在木窗格透过的熹微晨曦与浓稠暮色中忙碌。披一身年深日久的烟尘，将柴薪、秸秆填入灶膛。一束束喧腾的火苗舔着锅底，于是生活的信念像橘红色的火焰在眼前袅娜地闪耀，升腾。

在缺吃少穿的岁月中，母亲却能用有限的白面、清油调制出极为可口的食品。每每看到她将瓶中的清油滴入铁勺，然后将铁勺伸进灶膛的一瞬，我就会感到一种无法言语的香气将心包裹。那香如久旱的禾苗喜逢雨水似的爽润。好多年之后，我恍然明白，那是母亲为儿女滋润苦难生活时所变幻的化苦难为香气的一种魔术，那湿漉漉的香气中充盈着人生的自信和神往。

一碗香气四溢的葱花面使我终生难忘。

一笼甜甜的榆钱饭令我垂涎至今。

一叠微微发麻的洋芋（土豆）饼梦中还飘着诱惑……

在"贫瘠甲天下"的西海固农家，一日三餐是富裕人家掌柜的福分，在普通百姓眼中那是一种奢侈，尽管那只是一两颗微不足道的冒着热气的荷包蛋或是加了点白砂糖后冲开的一碗奶粉，但在我的记忆深处，在苦难的岁月中，母亲曾用这两种什物孝敬过公婆、侍奉过父亲，滋润过儿女。那蛋是母亲喂养的鸡生的，那糖与奶粉是母亲用喂养的猪换来的钱买的。虽然这什物在现在不是什么稀罕物，但那种浸润过灵魂的香甜不会因时光的流逝而泯灭。

回望岁月，我时刻被母亲在属于她的小舞台上将平铺直叙的日子调配得山高水长而慨叹。

一年的日子有阴有晴，一年的收成有丰有薄。不一样的五谷，母亲有不同的调配方法，或蒸或煮或炒样样可口；不一样的蔬菜，母亲有不同的腌制手段；或腌或泡或拌样样入味；不一样的年景母亲都用一样的心思应对。举炊烹饮间，将日月随心所欲地拉长或缩短，将光阴调配得五彩缤纷、团团圆圆。

母亲虽然没有得到过掌声和鲜花。但她无论在苍穹之下，大地之上的大舞台上，还是在房中三尺灶台的小舞台间，都会将人生谱写成一首清凉的田园诗或温热的家园诗，那诗读来令人生发百般的滋味与念想。

在离开乡村的日日夜夜，当城市的灯火像天上的群星日益繁密的时候，我站在远离乡村的空中楼阁的窗口眺望被烟熏火燎过的日子。我的眼前晃动着母亲忙碌的身影和那一缕缕袅袅悠悠的淡蓝色炊烟。我的耳畔再次响起母亲温婉却极具穿透力的呼唤。我的心头一阵热，不由自主地合双手于胸前向上苍祈福……

母亲的荣誉

　　母亲是在宁南山坳里长大的。她生活的环境是：开窗展现在视野的是一年四季光秃秃的变化不大的山峦；出门行走的便是脚下通往田间和山外逶迤小道。常言道：环境造就人。母亲朴实宽厚、通情达理的性格便是她生活的环境给她的馈赠。

　　母亲没有进过一天学堂，能认得的几个字还是从《农民识字》中所学得的。那时，母亲白天忙于挣工分，只有到了下午散工后忙把家务活干完，她才有闲时。在少有的空闲中，母亲便拿起那本《农民识字》向上小学的我们请教。残缺的记忆中，至今还保留着母亲认字的那种认真劲儿。

　　跟山坳里的妇女一样，母亲在山蒿青了又枯，枯了又青，在月亮圆了又缺，缺了又圆的岁月中将平淡的生活调配得山高水长。就是在这平淡的生活中，她却用勤劳的汗水换来过一次奖励。那是在"农业学大寨"的那个年代，在为时半年的平田整地大会战中，母亲用她那缠折了脚趾而没有成为"三寸金莲"的脚板往返百十千米，每天都会运送 10 余方黄土到指定的地方。她就是这样被人们认可才获得这次奖励的。从她淡然若定的神情中我读出母亲所获得的奖励中是没有半点虚假的。为此，我们全村人都感到荣耀。

我清晰地记得那是1974年腊月的一个夜晚，我们大队的农田建设万人大会战的积极分子就在那晚受表彰。我们队评出的积极分子是我母亲。可惜的是发奖时母亲因劳累生病没有亲自领奖。同现今的表彰会差不多，先是领导讲话，然后是宣布积极分子名单，接着是领导给积极分子颁奖戴花……那晚，在我的生命中是一次崇尚的激动。当时，我听到主席台上手持话筒的人喊母亲的名字时，我激动得差点晕了，双手使劲鼓掌直至发麻。令人遗憾的是在热烈的掌声中，我看到是我们队长替母亲领了奖。奖品是一把铁锹头和一本红色的笔记本。看着那一个个上台领奖的身影，我心灵的空间便被母亲的伟大充塞。

后来，母亲把那本红色塑料皮笔记本送给我。那本红色的笔记本竟然成了我上进的动力，成了一种诱惑，成了我追求的目标……我懂事后，常想起母亲的那份荣誉。那次荣耀中我领悟到了母亲创造荣耀的艰辛。在工分制农业社的那个年月里，母亲为了我们兄弟姐妹，为了多病的父亲能和别人一样吃上好一点的饭菜，一年四季从没有请过一天假，耽误过一个工分。一年到头决算时，母亲挣的工分在全队的社员中高居首位。听村上年长的奶奶、婶婶说母亲在怀我的四弟时，快要分娩了还在地里干活，感到肚子疼她才慌忙往家里跑，结果连房里都没进去就把四弟生下了……

母亲热爱生活，在苦难的岁月里，她起早贪黑，从没有叹息过。无论多苦，她总是笑对人生，正视苦难。从她干事创业的认真劲儿中，我懂得了成功所必须具备的精神。

而今，儿女们像羽毛丰满的燕雀一个个从她身边飞走，可是她依然忙忙碌碌。逢年过节村里无论谁家有事，她必去帮忙。她就这样实实在在地生活着。

曾经创造的荣耀和那份荣誉连同她的名字可能早已被人们忘记，然而，她却从未停止那双被历史缠折了脚趾而没有成为"三寸金莲"的脚板，她用生命的执着谱写着人生之歌。

　　至今，每当我看到珍藏着的那本红色笔记本时，那晚的眩晕感就会浸没身心，进而就会从心灵深处生出一种动力，催我上进……

妈妈的葱花面

妈妈是在山坳里长大的，她做得一手好饭菜，特别是那清香可口的葱花面。

童年残缺的记忆中，我最爱吃妈妈做的葱花面。那时，爷爷还活着，家里缺粮。妈妈收工后，先给爷爷擀一坨子面，剥两根葱切碎盛在碗中，然后用拳头大的铁勺，热一勺清油，往加入少许辣面子的葱片中一倒，只听"刺啦"一声，喷鼻的香气顷刻间便弥漫厨房，侵入心肺，撩拨得人垂涎欲滴。葱花泼好后，水已开沸，妈妈又将擀开的面切成柳叶大小倒入锅中，待沸水溢过面片后出锅，加入酸汤，调上葱花搅匀。就这样，香气四溢的葱花面算是做好了。妈妈先让我们姊妹中的一个给爷爷端去。爷爷吃，我们看，有时爷爷也给我们喂一片两片的。有时爷爷吃不完，妈妈便将剩下的分给我们。

从那时起，在我幼小的心灵深处就潜滋暗长着一种欲望的东西，那欲望仅仅是能美美地吃一顿妈妈做的葱花面。

然而，在艰难的岁月里，妈妈虽起早贪黑地劳作，但她仍然满足不了我的这点欲望。

山坳里的蒿草枯了青，青了枯；坳顶上的月儿圆了缺，缺了圆；山坳间的羊肠小道默默地，默默地送妈妈上山、下山，下山、上山……我考上师范那年，家里依然缺粮。妈妈只好到邻居家借来一点面给我做了两碗葱花面，吃着葱花面，我感觉着妈妈给我的爱。带着爱的温馨我打点行装上路了……

封存的记忆转眼几年过去了，家里的日子一天比一天红火，自然吃得也丰富起来，隔三岔五地回一次家，可是，当我踏上那块生我养我的黄土地，踏进山坳里我熟悉的农家小院时，我的心灵深处便会涌出一种热流，我便会像当年的孩子一样央求妈妈给我做葱花面，听到"刺啦"的声音，看着冒起的香气袅袅，重温儿时美好的记忆。

如今，妈妈老了，然而，她做的葱花面却依然是那样清香，那样诱人……

思绪留痕

刻入一座石碑中的时光

因为一座石碑，我想起了臧克家的诗《有的人》："有的人活着，他已经死了；有的人死了，他还活着……"

因为这首诗，我内心深处涌动无限的怀念和感伤，而且在人类进入 21 世纪，在中华英豪励精图治，祖国日益强大的现实面前，那份怀念和感伤愈加浓烈。究其缘由，还是国人常谈的话题，每天看到和听到的关于腐败的现象、话语历历在目、不绝于耳。于是，在滋生"不到长城非好汉"的六盘山精神的地方，在西海固快速发展的山城一隅，像我这样的平庸之辈，只好选择轻轻地、静静地抚摸时光，感受时光深处的那份温暖，那种境界，以矫正自己的行为。

想来，世间万物，无一例外地被时光浸泡、雕刻着，其间，只有人反过来又用不同的方式雕刻时光。就这样，许许多多的物事经不起时光地浸泡，经不起岁月风霜地雕刻而销声匿迹，也有许许多多的人将时光雕刻成永远的记忆，雕刻成醒世恒言，雕刻成不朽的丰碑，孙士寅这个人就是这样，他将时光锻造成一座石碑，而且以山石的品格封存了时光，以石碑为载体，刻入了一个人值得后人敬仰的风骨和情怀。

这座石碑矗立在云南曲靖市富源县胜境关，雄踞云贵两省之交的古道上。古往今来，多少游人商贾，踏着这青石驿道，兴冲冲出入滇黔两省，在惊叹险峻的地势、雄踞的关楼和九级斗拱胜境牌坊之余，留下无尽悲欢与兴叹之时，总免不了静心息气地品读这座石碑，这就是"鬻琴碑"。

对于此碑，富源城中百姓十之七八都能道出一二。就其碑名——"鬻琴碑"，区区3字记录的却是一方人民数百年磨不掉的记忆。据史料记载：清康熙三十四年（1695年），这地方废除卫制，原平夷卫与亦佐县合建平彝县（后更名富源县）。在立县不久，清康熙四十五年（1706年），浙江钱塘举人孙士寅受朝廷之命，携带一口心爱的宝琴，匆匆从这岭上赴平彝上任知县。由于这里地处两省交界，并且是少数民族地区，常年民族纷争，战火连连，致使环境动荡不安，百姓生活凄苦不堪。孙君一路风尘，跋山涉水几千千米到此地。在这一干就是6年，他平息争端、铲除地方恶霸，使得农业逐渐兴旺，粮丰肉盛，商贸畅通，百业兴盛。渐渐连他的大堂上也逐渐冷清，只有很少的官司可断。荒凉的村寨升起了炊烟，昔日布满灰尘的饭甑有了用途，百姓弦歌舞起，脸上浮现出康健的容光。而他却日渐清瘦。他为官清廉，干事历练，深得当地豪绅与民众的爱戴。

在清时期广为流传的民谣"三年清县令，十万雪花银"的大背景下，他6年任期满时，依然一尘不染，袖可盈风。回家之时，为了准备路费，忍痛把来时携带的爱琴卖了。城中乡绅自发地为他捐赠盘缠，他一一婉言谢绝，洒脱地骑上那匹瘦弱的老马，踏上关山险阻的长安之路。清官即去，那精明的官吏拈须讥笑：身入宝山空手而归，自讨苦吃啊。官吏尽自嘲讽冷笑，城中百姓闻之痛哭流涕，自发结队相送，长长的队伍一直延至界关。为缅怀孙士寅业绩，四方百姓自发捐资，勒石铭刻"遗爱碑"，屹立于胜境关之岭。

孙士寅为政时，我无法想像那口琴之于他的作用，也没有听到琴弦所发出的心音，但是，可以断定那口琴于他好似红颜，好似知己，好似心仪的朋友；可以断定他时刻用琴音洁净着内心，清醒着思想。他没有留下施政方略，但我能想象出他在无数个静夜，将包容、和谐融进月光，融入琴弦，用清廉、果敢融化着刀光剑影，滋养着民风民德。这需要何等的能耐？这需要怎样的胸襟？在人人都是投资环境的今天，他绝对够得上是那方土地和人民的无价资产。

　　顺着历史，我想让他的境界提升我的人生，丰富我的精神，在相关他的故事中得到领悟。我找到了这样的文字：或许200年后清光绪三十四年（1908）新修平彝县志，抉择河畔李恩光居士寻古探幽，登上这胜境关，在袭姜蓑草中除苔剥藓，发现这块斑驳的石碑。砂石质地的碑体受风雨侵蚀，字迹已显得模糊。李恩光细辨碑文，又遍访城中父老。虽然时光逝去200余载，人们谈起此事莫不痛哭失声，这番情景深深感动了李恩光。小小石碑为何能在民众心间留下经久的震撼？清风掠过，松涛起伏，仿佛这是先生降下讨伐腐恶的旗帜！身处清朝暮年的李恩光，目睹官场黑暗，国力衰竭，一种正义感油然而生。于是，他毫不犹豫，重新刻石，将"遗爱碑"更名为"鬻琴碑"，并在他主修的《光绪平彝县志》中录下碑记。来携此琴来，去鬻此琴去，伤哉，廉吏不可为！几载山城空叱驭。山城记得使君来，春满河阳花正开。外户不闭犬无吠，中泽既集鸿何哀。冰壶玉鉴清无底，心水肯教门如市。讼少庭闲散吏衙，尘甄之旁朱弦起。三年课绩循良奏，百姓见肥使君瘦。长途再将羸马驱，空囊只有焦桐售。焦桐纵售值几何，此去长安道路多。黠吏胡卢掩口笑，宝山空回计则讹。吏自笑，民自哭，丰碑屹立山一麓。一行巨墨云霞章，百年正气豺狼伏。我来剥葬访碑辞，父老往往为秋歔。清风卷起万松巅，仿佛先生降灵旗。嗟嗟一碑何足异，去思德政塞天地。争似史笔照空山，刻画龚黄无多字。不见岘山亭，羊叔记，贪夫读之尚汗池？呜呼，贪夫读此当汗池！

　　不可思议的是，这样一块歌颂清廉，歌颂洁己爱民的石碑，曾在"文革"一片混乱的浪潮中，被当作"四旧"毁弃，幸好当时有碑刻拓裱留存。

　　历史是绝对不能忘记的。

一个人的生命在宇宙中是极为短暂的，但是，能在短暂历程中为民众谋幸福，他就会永远活在人民的心中，他的生同日月一样长久。

　　在时光不停地流淌中，轻轻地、静静地抚摸刻入石碑中时光，倾心感受封存在时光中那份温暖，那种傲岸挺拔的气丝缕缕体察民意的情思，我感慨万千，双手合十，感念他们"居庙堂之高则忧其民，处江湖之远则忧其君"的修为。在无限的感慨，无比的崇敬中，我默默诵读："有的人活着，他已经死了；有的人死了，他还活着……"！

清澈的琴音

　　无数个静夜，沿着常熟虞山深处流淌的琴音，我的思绪穿越浮躁、喧哗、张扬，一路欣赏着被清澈的琴音涸润过的美景，在虔诚的倾听中，想让一颗已经落上尘埃的心向清洁寂静的源头靠近、再靠近。在一点点地靠近中，我恍然觉得，构成那一曲曲温婉的音乐中的音符是我前世今生与一颗清廉之心的约定。那种感觉就像初恋时挽着伊人的胳膊或牵着伊人的手漫步在细雨飘洒、柳丝摇曳、湖水荡漾的堤岸。就这样，那一枚枚携带着岁月风霜的音符，以无比的清澈之痕，在我的视野幻化出一位面目清癯、一蓬银须的老人：严天池。

　　在查阅关于他的相关史料时，我的身心不经意间被他散射出的那份清寂淡远的场所震慑。仰望泰山般的敬畏之情油然而生。

　　严天池（1547—1625），名澂，字天池，常熟人。其先世自吴县徙来，至先生为第七世。从小喜爱操琴，从师多人，特别受娄东著名的古琴家陈爱桐的儿子陈星源的悉心指导。50 岁时，与徐青山等琴友组织琴社。万历甲辰（1604年），年57岁，出为邵武知府，越四年，致仕归，弹琴著书。万历甲寅（1614年），年68，《松弦馆琴谱》成，所录之曲，凡二十八，有宫商而无文字。其自序曰："古乐湮而琴不传，所传者声而已。……盖一字也，曼声而歌之，则五音殆几乎徧。……考古诗被诸管弦者，大抵倚声而歌，非以歌取声。"先生弹琴，反对刻板式之一字一音俗套，主张清、微、淡、远，得中和之用，排斥靡曼新声，促节繁响，取其精华，弃其糟粕。故《松弦馆琴谱》出，海内推为正声，而虞山琴派，遂以是而名天下。天启乙丑（1625年），先生殁，年七十有九。初葬茅山，迁葬常熟县城西南5里之斜桥。

因为他留下的琴音，我坚信古老的传说中中国的人文初祖伏羲氏为了引导众人通晓天地神明的至理，他砍下栖息过凤凰的梧桐木，用丝线做琴弦，按阴阳大道，采八方声音，把天地山川、君臣百姓、大自然的各种声音都包含在其中，创造出古琴这种神奇的乐器的真实，我坚信被他双手勾剔抹挑于七根弦索、十三点徽位之间所发出的声音蕴藏着天籁的情感。

"泠泠七弦上，静听松风寒。"

在历经岁月风霜雪雨的洗礼中，他的事迹没有锈蚀，这使我终于明白，他的琴台之侧为什么会有一盆清水和一尊承载烟火的香炉了。在思绪的目光随着袅袅篆烟连接星空时，我听出那一曲曲琴音的风骨，听出内心干净的人才能进入的那种清微淡远的境界。我忽然想起清人张潮所说："天下有一人知己，可以不恨。不独人也，物亦有之。如菊以渊明为知己；梅以和靖为知己；竹以子猷为知己……"我觉得，"琴"以澂为知己，也当知足。

在我一遍又一遍地倾听苍古松话的琴声留下无限韵味的悠长中，我抱紧不锈的阳光，倚门远望"天长地远魂飞苦"。青灯古琴下，一个银须飘飘的老者蛰伏幽居着，用不舍昼夜胸襟，心无旁骛地将人生融入弦索，将民意融进音符，将日月光华融进旋律。于是，在起伏的时光里，我看到清澈的琴音在历史的档案中化成的文字：

半巢松影半巢书中的圣贤，57岁时出任福建邵武知府。上任前，他向常熟城隍发誓："要做个清官，决不从邵武带一分不义之财回家。"到任后，发现那里狱中犯人很多，就对关押的犯人的案件一件一件清理，平反了不少冤案。邵武地区常常闹水灾，他不顾劳累，实地进行考察。发现水利设施年久失修，就发动群众筹集经费，兴修水利，战胜水患。从此，邵武地区，年年丰收，百姓安居乐业。他看到有一个当税使的太监，不顾百姓死活，巧立名目，横征暴敛。他同他说理，他不听。他收走了他的收税文书，使他无法再收税，但因此得罪了人。在他任满回家时，百姓送他万民伞，并夹道焚香跪送。

在邵武时，他谢绝一切礼品。但有一项茶果银，他再三推谢，同僚们劝他无论如何一定要收，他为此事，回家路上一直愁眉不展。当船到苏州时，他走出船舱，站在船头观看。看到州塘两岸的桥梁东塌西倒，行人过桥很不方便。他就吩咐手下人，把邵武三年收的茶果银用来修这些桥梁。州塘从苏州到常熟全长 70 里，有 200 多座桥梁。那些茶果银远不够用，后来，从家里拿出不少积蓄添上。

3 年知府，不取一钱的官人啊，筑桥如琴，你想让后人明白什么？那些被贪欲掀落马下的当代官员，试问身在其位时，是否知道严天池？

静心品读《松弦馆琴谱》，如水的琴音流过时光，流过岁月，流过苍穹，流过山川，流进我的心田。在西海固一隅，因为我的选择，注定今生要与你相遇。在季节更迭中，我常常感到，那洁净脱俗的音符就是一滴滴雨水，一片片雪花，一缕缕阳光，一抹抹月韵，也便有了我今生虔诚的守望和深情的敬仰……

三百年前的那场雪

在雪化为水的春天写雪，我怕在水梦成雪的季节，被雪的多情迷失理智，无法想象三百年前的那场雪的情景。

在大自然众多的产儿中，雪可谓得天独厚。她有以洁白晶莹的天赋丽质，装点山川、江河等万物神奇的本领。有诗人写道："如果没有雪花的书写／冬天就是一个不完整的句子……"可见，雪在季节中的分量。

也曾在许许多多个冬天，有过白居易《问刘十九》"绿蚁新醅酒，红泥小火炉。晚来天欲雪，能饮一杯无"的那种心情。然而，之所以选择在眼前无雪的情景下写雪，是因为三百年前的那场雪非同一般。

可以断定，那场雪是孤独的。无风，静静地下了一夜。那年，是藏历火狗年（1706 年）。坐在无雪的静夜，听那场三百年前孤独之雪，我的内心涌动着来自超越世俗的那份感动。于是，大脑的底片上就呈现出了这样句子：

"我问佛：为什么总是在我悲伤的时候下雪？

佛说：冬天就要过去，留点记忆；

我问佛：为什么每次下雪都是我不在意的夜晚？

佛说：不经意的时候，人们总会错过很多真正的美丽；

我问佛：那过几天还下不下雪？

佛说：不要只盯着这个季节错过了今冬……"

　　来自天籁的精灵啊，在你孤独的倾诉中，你想向世人昭示什么？雪知道。

　　心情无法平静，我将思绪的苍鹰放飞，想让它穿过风雨、戈壁、高原，把三百年前那场雪的诸多细节叼回，我遁迹寻觅，就在我的苍鹰疲惫时，一位名为雪小禅的散文家给它动力。她在散文《雪知道》中写道："孤独才会趔趄！""但她被雪恩宠着，因为雪的孤独和她的孤独融化在了一起！""雪，以她的冰冷和纯粹包容了所有的孤单，还有比雪更孤单更干净的吗？它以一种铺天盖地的方式，来掩盖了自己的悲伤。"——如同爱情，也许终究只是少数人的事情，到底，它才是极致的奢侈品，它只赠给那些最真心的恋人，而谁能得到爱情呢，人不知道，天知道，雪知道，雪知道……

　　我知道，三百年前的那场雪，苍茫了雪域高原，注定在那个无风的夜晚，会有无数朵雪花汇聚成尘世间最大的雪宣，也注定会有一位天才诗人，在这张巨宣上用双脚作诗。这是因为："住进布达拉宫，我是雪域最大的王。流浪在拉萨街头，我是世间最美的情郎……"

　　一个万物皆白的清晨，一行诗意十足的脚印踩破了一个惊天的秘密，留下了感动后世无数男女的生命不朽的传奇……

　　想象中，在这样一个月光朦胧，雪花静飘的夜晚，人若和知己相依听雪品茗，内心会生出怎样的感慨？抑或披一身雪花，去远离喧嚣的那个泥屋和心上人约会，内心又会闪烁出怎样的言语？我想，知道准确答案的人并不多。但是，三百年前那场雪夜中那个名叫仓央嘉措的活佛给我们留下了一个完美的答案：

　　"那一天，闭目在经殿香雾中，蓦然听见，你诵经中的真言；

那一月，我摇动所有的转经筒，不为超度，只为触摸你的指尖；

那一年，磕长头匍匐在山路，不为觐见，只为贴着你的温暖；

那一世，转山转水转佛塔啊，不为修来生，只为途中与你相见；

那一瞬，我飞升成仙，不为长生，只为佑你喜乐平安。"

雪域高原，雪融化为水，水升华成雪。冰雪深处，又蕴藏着怎样的感动？

思绪穿透岁月的尘埃，回味墨香中的大爱，我的思维定格成一台戏：仓央嘉措以三百年前那场雪做布景，以清雅幽静的小生为扮相，在台上淡淡然然两三句便把情意唱入你我心底，起承转合，波澜壮阔。而就是这样的一个男子，半生荼蘼，半生寂。清净而生，清净而去。圆满的却是锦绣的一辈子。舍去王位，也曾在这世间蹚过凡心不灭的水……

此刻，我坐在西北黄土高原一隅，心情凝结成无限长的触角，感受着三百年前的那场雪已融化，那场雪地韵味，触摸那场雪化作涓涓细流，润物无声的温暖……

一捆带露的白菜

至今，我内疚不安，只要一看到白菜，我的眼前就会浮现出一张纯朴俊秀的脸来……

这是我初为人师时犯下的一次无法更改的错误。

1983 年初秋，我从固原师范毕业分配到三营中学任教。那年，我 19 岁。报到上班，学校安排我接任初二（3）班班主任工作，代初一、初二两个年级的美术兼初二（3）班的数学课。

在繁重的教育教学工作中，我实在感到当老师太苦了。每天除了备课、上课、辅导学生、批改作业、家访外，属于自己的时间的确太少了。那忙碌而单调的生活曾一度使我感到十分厌倦。曾立下的两条悬挂于我办公桌前墙上的为人师信条早已忘到脑后。就这样，我所带的班里的学生见到我就像老鼠看到猫一样，可我不在时，自习课却是另外的样子：吵闹、戏耍，满教室被搞得乌烟瘴气。校领导找我谈话要到我的班蹲点，协助我工作，于是，我的自尊好像被马蜂蜇了一下，我拒绝了，当即向校领导保证要在短时间内搞好班级工作。

为了不失面子，更为了我那被虚荣包裹起来的自尊，我采用了紧盯不放的办法，所有的自习课我都到班里去，班级纪律有了很大的转变。然而，令我担心的是学习成绩的评比，怎么办？思来想去，我断然决定：期中考试前，我设法把班里学习差的几个学生偷偷从班里开除，其中就有淳朴俊秀的白如雪。期中考试成绩评比，我班名列年级第一，受到学校的表扬。那一刻，我既高兴又深感不安。

又一个和风习习的夏日，一个阳光格外灿烂的周末，我提着菜篮走到一辆装载着带露白菜的架子车边驻足。这时听见有人问："杨老师，你想买这菜吗？"我应声抬头，眼前站着被我开除的女孩子白如雪。我有点不好意思，随口答应："想买一捆菜。"接着这女孩子向车边拿称的中年妇女说："妈妈，这是我们杨老师。"中年妇女看了我一眼，十分热情。说话间，女孩已将一捆带露的白菜塞进我的菜篮，我要付钱，她们母女坚决不收……

返校的路上，我感到菜篮中那捆白菜的分量格外沉重，顿然，我觉得那不是一捆白菜，而是一颗宽厚纯朴的心。我无法言表当时的感受，心中仿佛被一块重石压挤，压挤出我的自私和虚伪。

后来，我去过她家。这才知道她是一个从小就失去父亲的孩子，母亲又多病，在我班读书期间，肩上挑着一副协助多病的母亲维持 7 口人生活的重担。我恍惚明白那时上课她总是打盹的缘由，我叫她回班上学，她谢绝了。她坦诚爽快地说："谢谢你，杨老师，那时我在班上总是给你脸上抹黑，你开除我是应该的。"这纯朴、真诚的话语顷刻间把我那被虚荣包裹起来的尊严击成了粉末……

从她家出来，她送我走了一段路，我有许多话想对她说，可我又能说什么呢？只有悔恨和无限的内疚……

至今，我为自己所犯的过错感到不安……

松涛洗尘

　　早就听父辈们说在修建寺口子水库之前，须弥山上松树密布。但在我开始向外面世界迈出人生第一步，受伙伴相邀慕名来这里游玩时，看到的却是寂寥的几十棵松树坚守在偌大的山间。后来才知道，这山上的一切都经历过一场浩劫。

　　那时年幼，对一些世相的理解很肤浅，觉得这样一座山矗立于黄土高原的腹部，实却是件很奇怪的事，意想中更为奇怪的是不知何人又在这里凿山造像，像是为天地立言传道，真是令人心生敬畏。

　　深谙世事后，方知"须弥"原为梵文音译，相传是古印度神话中的名山，在佛经中也称为"曼陀罗"；意译"妙高""安明""善积"等。因为史料中的这些文字，我常常将屹立于故乡大地之上的这座山想象成上苍赐予人间的一本无字书，山中的花草树木、石窟塑像、屋宇亭台、鸟鸣蚁动等是这本天书中生动的语言，冥冥之中感到这些语言伴着时光从无间断地化育着芸芸众生。

从最初听到的传说开始，我便用一颗虔诚的心仰视这座山的雄姿；仰视沉淀下来的时光所散发出的厚重；仰视山中的一草一木，一花一树……

我从小就听说，在当地民间把这处圣地称为寺口子。传说中山那边的一对恩爱有加，仁慈孝道的夫妇到山这边的三营跟集，妻子有孕在身行动不便，丈夫牵出家中的一头驴将妻子扶上去，一路言谈来到集市。拴好驴子，夫妻相伴在集市上转悠，品尝街市小吃，购得油盐酱醋后日头偏西，集市也散了。想了想要买的都买了，想吃的都尝了，就牵驴回家。和出门时一样，丈夫将妻子扶上驴，原路归返，途径山中时，南北山峰移动，眼看就要将他们合拢其中，说时迟那时快，只听见丈夫对天大吼：哎呀，我的四口子（夫妻二人和妻子腹中的孩子外加一头驴）。此话一出，南北山峰立即静止，留出一条道来，让他们四口子顺利通过。随着时光推移，南北山间都有了寺院，口口相传中，便有了寺口子。在相关这座山的传说中，我钟情这个传说。原因是我认为这个传说符合天道。在这方水土之上人们心中，一切生命都是平等的，鸡、狗、猫、猪、牛、马、驴、羊等都是家庭中成员，和他们的生活息息相关，因而大人小孩绝不慢待这些生灵。就像这位男子，面对突如其来的灾难，他把驴列入家庭成员其中，呼喊出的是对生命的尊重。山峰静止留出道来，彰显了上苍不灭向善之人的慈悲大爱。至于这座山又名须弥山，我到愿把它推理成乳名与大名的关系。

说了这么多还没有入正题，那就言归正传。

须弥山位于宁夏固原市原州区境内，坐落在市城北55千米处六盘山支脉的寺口子河北麓的山峰上，山基以紫色砂岩，沙砾岩及页岩组成，海拔2003米。山势峰峦叠嶂，怪石嶙峋；山脚下河床逶迤，流水潺潺。自古以来这里就是中原通往河西走廊、大漠南北的交通枢纽和战略要地。"丝绸之路"开通后这里又成为"丝绸之路"东段北道的必经之地，是由长安到西域的最短路径的节点。到了唐代，唐王朝为了加强边疆防卫，又在这里设立了"石门关"，直接制约着中原与西域的军事与交通，使这里有着"关中咽喉"之称。清《甘肃通志》载："州北九十里须弥山上有古寺，松柏郁然，即古石门关遗址。"史载，石门关，是隋唐前后中华大地上著名的七关之一，为西北通往都城长安的要冲，是屏蔽中原及长安的门户。

因为职业属性，我时常翻阅史料、志书，当然也引发一些思考，这中间涉猎频繁的是中华上下 5000 年中所囊括和传递的信息。从这些信息中我得出这样的结论：无论要地，还是关口都是一个王朝又一个王朝防范外族入侵的措施。例如长城、城堡、关隘等，但我以为要坚守住一个民族繁衍生息的疆域，除了这些防御措施外，还应有人人胸怀江山社稷安危的忧患意识和守土有责的担当意识；应该有"居庙堂之高则忧其民，处江湖之远则忧其君"的胸襟。

写着写着，我想起了这样一则故事：唐朝时，江州刺史李渤，有一次问智常禅师："佛经上所说的'须弥藏芥子，芥子纳须弥'，我看未免太玄妙离奇了，小小的芥子，怎么能容纳那么大的一座须弥山呢？这实在是太不懂常识了，是在骗人吧？"

智常禅师听了李渤的话后，轻轻一笑，转而问："人家说你'读书破万卷'，是否真有这么回事呢？"

"当然了！当然了！我何止读书破万卷啊？"李渤显出一派得意扬扬的样子。

"那么你读过的万卷书现在都保存在哪里呢？"智常禅师顺着话题问李渤。

李渤抬手指着头脑说："当然都保存在这里了。"

智常禅师笑了："那就奇怪了，我看你的头颅只有椰子那么大，怎么可能装得下万卷书呢？莫非你也在骗人吗？"

李渤听了之后，立即恍然大悟，豁然开朗。

这使我坚信，故乡的须弥山一定深藏许多还未被世人发现的东西。那些历经岁月风霜洗礼的物象中一定封存着洁净人心的秘籍。

和这首《须弥松涛》邂逅是在我步入中年生活的一个静夜。那天，我到朋友的办公室看见案头有《宣统固原州志》，离开办公室时我向他借阅，他信然答应。晚饭后，我净手翻阅，署名为李毓骧的《须弥松涛》中的句子："古刹巍然近石城，苍松万树自纵横。维摩有室搜灵偈，逢义题山问旧名。一幅云屏开界画，半天风铎助边声。宵深惟听龙吟曲，随在参禅百虑清。"映入我的眼中，我毫不犹豫地调动感官，想从字里行间搜寻、捕捉曾经的景象，我捕捉到了"百虑清"。

从相关的注释中我知道这"须弥松涛"是清代固原州十景之一（清代固原州十景："七营驼鸣""西海春波""莲沼听莺""六盘鸟道""东山秋月""须弥松涛""云根雨穴""瓦亭烟岚""禹塔牧羊""茜川麦浪"）。这一记载，证实我小时候听父辈所说的山上松树密布确属实相。

抑或是对须弥山的神往吧，在不同季节，不同的时段，或陪朋友，或随学者专家，或因工作，一次又一次抵达这里时，我收获了从圆光寺中飘出的曼妙梵音；收获了唐"大中三年吕中万"，宋"绍圣四年三月二十二日收复陇干姚雄记""崇宁癸未"、西夏"奢单都四年"、金"大定二十一年"等各个时期的题记和碑刻中隐藏的虔诚；收获了被香烟氤氲过的山桃花凋谢后挂在枝头的桃核；收获了万物苏醒后的勃勃生机和云蒸霞蔚的新气象；同时，还在不停地收获着这方山水清洁心空的气息……

在一次又一次收获后离开时，我都会在心中种下还会再来的种子。

我再次来到这里时，是去年盛夏一个周末的午后。一家三口驱车抵达。嘱咐妻子和女儿上山观景，我便来到景云寺遗址处那棵杏树下，静坐于一方石凳，用心感受山间气韵。暑气蒸腾，热浪扑怀。忽的，听到有一种声音，似乎来自渺远的天外或是寂静的山谷，天籁般动人心弦。瞬间，便有立于海岸边，观海听涛氛围将我包裹。清凉的感觉游入肺腑。就这样，一颗落满尘埃的心即刻安静下来。我听到了在须弥山谷倾泻的松涛。涛声时而雄浑时而轻灵，如天之涯骤然响起的雷鸣，如水之湄悠游孤鹤荡起的浪花。携带着阴凉般气息的涛音不动声色地飘来，一意孤行地占据了我的心。

在聆听中沉醉，在沉醉中忘却。那一刻，繁华扰攘浮躁全都退隐，名利纷争欲望全都消散。仿佛俗世的悲喜渐渐轻若微尘，被这涛声荡涤清洗。只有聆听的喜悦，清清浅浅，跃上眉头。

一只蚂蚁爬上我的脖颈，短暂停留后迅速离去。一片宁静里，自我仿佛化作一朵闲云，在高天间随风翩跹，去留无踪。

思绪随着涛音飞扬，梦一般忽远忽近，亦真亦幻。心间燥热渐次退离，顿感心空一尘不染。

真有"随在参禅百虑清"的感觉。松涛流淌，清风一样拂过。在我人生旅途的这个午后，我感受到了须弥香火撑起的阴凉中弥散的清爽；感受到了须弥松涛洁净心空尘埃后的轻松；感受到了景云寺杏树下生灵和谐相处的惬意。我明白了"须弥藏芥子，芥子纳须弥"的禅意，品味出"结庐在人境，而无车马喧。问君何能尔？心远地自偏"中的豁达……

松涛洗尘，感谢上苍赐予我这样的机缘，如果有缘我们一起去沐浴。

我的天涯

"我需要一个天涯，用来放逐自己，用来收藏无法言表的流光。"

选择青年女诗人林馥娜《我的天涯》中诗句作为此文的开头，是因为这样的诗句像火苗一样窜入我的内心，点燃了在岁月中沉积的记忆和想法。或许这就是人们经常说的灵感吧。为了避免抄袭嫌疑，我事先告知她，借用她的诗歌题目，想书写我的人生感悟，她欣然准许，这使我内心滋生感念和敬意！这绝非故弄玄虚。

之于写作，我常常在阅读中寻觅点燃激情的话语，找到了这种话语，就像找到了一颗饱满的种子或是火种。就这样，能点燃我激情的话语这颗种子便会植入心田，在某个静夜发芽、破土、成长、开花、结果；或是遇到某些像火种一样的话语时，这样的话语顷刻间就会将我的表达欲望点燃。就像我读到"我需要一个天涯，用来放逐自己，用来收藏无法言表的流光"这样的诗句时，我的眼前一亮，再也抑制不住内心那些潜滋暗长的情愫。于是，敲击键盘，将那种情愫的结晶"我的天涯"敲出。是这样，一定是这样！为此，为这篇文章的诞生，我在西海固一隅，向诗人致谢！

随时光之流，抵达回望岁月的年龄之岸，静坐知天命的岸上，梳理我的天涯之行，回味人生况味，一种柔软而又坚硬东西常常使我不胜受恩感激，这是后话，先说天涯。

细细考量，我的天涯其实就是我成长历程中的一个个小小的梦想。

我出生在被 20 世纪 70 年代初联合国粮食开发署认定的"最不适宜人类生存的地区"之一的西海固地区一个偏僻的依山而居的小山村。在成长的历程中，从时间概念来说，和普天之下的芸芸众生一样，被时光喂养，被时光侵蚀，被时光雕刻，最终还会被时光掩埋，但从空间角度来看，我这个山里娃和城市和大城市的孩子有着天壤之别，生活暂且不谈，就眼界而言，我真能算得上是"井底之蛙"。童年所享受的教育资源是村上的 3 间顶漏的瓦房教室和泥质桌凳，这样的教室里坐着一、二、三年级 30 多名学生。1 名读完高中回乡的男老师连轴转，教完算数教语文，从一年级到三年级，在我们那里把这种班叫作复式般。所学的内容全是课本上的。单调的校园生活中，最有趣的是在校园的土地上听写生字。一般都是老师指定的那个同学读，我们蹲在地，以大地为纸，舞动我们手中的木棍或碳棒。"人""口""手""山""川""江""河"等汉字携带着我们对尘世的最初认知，一笔一画架构出暗藏于心的自信。那种听写的景象宛如春蚕将食入腹中的桑叶或榆叶化成的丝抽出作茧一样，直至听写完毕，那个读字的同学开始逐一核查，错字或不会写的字最多的罚打扫卫生直到另一个最多者产生。再就是偶尔课间也玩老鹰叼小鸡的游戏。记忆中，这段时光里，我几乎天天盼望能尽快升到四年级，到大队里的那所学校去读书，仿佛那所学校就是我的天涯。在急切盼望中的一个阴雨绵绵的秋日，我如愿以偿，那年我已蜕去童稚。

从四年级开始，我每天和几位同龄或被我大一两岁的伙伴步行到据我们村 3 里路远的学校去念书。这所学校和我们村上的学校有所不同的是一级一班近 40 名学生，配 1 名语文老师，1 名算数老师，木头桌凳，3 人 1 桌。课程名目齐全，除语文和算术外，开设常识课、音乐课、图画课、体育课，但前三者形同虚设，多半被语文课代替，体育课除了恶劣天气回教室做作业，其余大多是滚铁环、打篮球。就这样，在不足两平方千米的天地里，我读完了小学、初中，期间，没有读过一本像样的课外读物。但中国四大名著的名字我还是知道的。在我人生的这段时光中，最奢侈的享受是用半块玉米面饼从伙伴手中换得读一天一夜的小人书——"铁道游击队"。由于空间和条件所限，童年乃至少年时光结束时，课本中那些诸如"火车""轮船"之类的庞然大物的真实面目还和我的目光没有零距离的接触，而唯一看到的飞机也只是听到声音抬头仰望时目光触及的在高空中如大鸟一样的飞行物。

随着年龄的渐长，我有了随父母去跟集的特权，当然，这种特权只是为母亲抱她喂养的不下蛋的鸡或者帮父亲牵羊到集市上去买卖。第一次跟集，就看到原来外面的世界是超乎我想象的那种精彩，店铺林立，商贾涌动，一切看似无序，但却在有序中运行着。年幼无知的我虽然不知道无序间潜藏着怎样的通道，可也听出物与物之间交换的秘密。我将在集市上看到和听到的说给没去过集市上的伙伴听，他们仰视的目光中传递出我仿佛从天涯归来的好奇，这种好奇，坚定了我继续前行的信心，成为我天涯之行的动力……

在目睹万事万物生灭流变中，我顺利地完成了从农村到城市的空间交换。在接受中等师范教育的空闲时间里，我沿着文字之路，穿越时空抵达一个又一个天涯。在那一个又一个天涯中，我深谙东方思维的神奇，华夏文化的博大精深。在盘古开天辟地的神话中，我有了对世界形成的懵懂，在秦皇汉武建功立业雄风中，我产生了对顶天立地男儿的敬佩等等。总之，在诸多嘲讽的目光中，我完成童话与现实的对接，完成英雄人物与灵魂地对话，完成道与路的粗浅认知。

在童话与现实对接时，我发现"百宝箱""宝葫芦""七里靴"等法器是忠厚、善良者得到的上苍恩惠，在英雄人物与灵魂地对话中，我常常感到他们身上的浩然正气是一把所向披靡的利剑，在道与路的粗浅认知中，感受深刻的是"人间正道是沧桑"。

在漫长的灵魂自我建设中，我也产生过乘鲲鹏遨游九天的幻想，也有过化作一棵小草，为天涯增添一抹青绿的超然，也生发过"我欲乘风归去"的无奈……当我一次次利用对天涯的向往，完成灵魂的锻造后，我深感其中的艰难。我想起周晓枫先生所言："穿着七里靴跑得再快、跑到天涯也没用，因为我们身上一直背负着魔鬼，他一伸手，就轻易拍上我们的肩。"

成长着，经历着，感悟着。

终了，都会明白之于天涯，近在咫尺，远在天边。但要想摆脱魔鬼，想躲到天涯是不行的，还得好好静心修炼，获得降魔的法器。你明白吗？其实，我就是想用一个又一个天涯，来放逐自己，来收藏无法言表的流光，来增加抗拒邪恶的内力……

雪化为水

你说你也喜欢雪，从那个冬季开始，我的心中有了念想。

每一场雪的来临，都会令我无比的兴奋。从雪花从天而降的那一瞬开始，到覆盖大地，再到融化为水，直至渗入我的心灵，每一个环节，我都会毫不犹豫地观赏、倾听、感悟。

观赏中，我常常被一朵一朵盛开的雪花激荡心弦，眼前随即就幻化出寒梅傲雪般的景致，仿佛那雪花就是为梅而生的白蝶，纷纷扬扬，翩翩起舞。当一朵一朵的雪花以殉道般姿态覆盖了世间的污浊，白了原野，白了山岗，沉静出一片皑皑的时空后，那种白色就在我的观赏中渐次渗入肌肤，宛如溪流流入心田，湿润心事；

观赏中，我的思绪常常随着雪花舞动而被抽出，进而幻化出一条通向童年的路，路的那端，我和伙伴们在冰天雪地里打雪仗、滚雪球、堆雪人，在生产队的大场一侧草垛边扫开雪，支起竹筛捕麻雀，在茫茫雪野踩踏出人字形痕迹，用树枝书写"我爱北京天安门"，书写谁和谁是好朋友，当然也书写"我爱你"3个字之后，在后边打上3个叉；

观赏中，抑或是触景生情的缘由，我常常想起同桌的她。她比我大两岁。我那时瘦小，每每轮到我值日扫地、生炉子时，她都会主动帮忙，她和我同村，家境比我好，父亲是队干部。放学回家的路上，我一旦受到欺负，她就会第一个站出来，训斥欺负我的人。记忆中，儿时的冬天特别寒冷，遇到雪天，她就把她箍着的用二毛羊皮做成的袖筒取下来让我暖手。当我冻得红肿的双手钻进那袖筒时，那种感觉妙不可言，说不清那是一种温暖还是感动。我只觉得在鹅毛大雪落在头上顷刻融化的一刹那，我瘦弱的身体微微一颤，心上就涌出难言的、暖暖的潮湿。可惜，她小学没读完父母就让她进城给一个有工作的亲戚家当小保姆去了。

你说你也喜欢雪，从那年的第一场雪开始，我的心中滋生了倾听欲望。

每一场雪后，我都会停下手头上的活计，拿上扫帚或铁锹到户外清扫院子或路上的积雪，我怕雪花被没有轻重的脚踩疼。也许生活在西海固大地上的父老兄妹和我一样怀着一颗珍爱之心，他们会用同样的方式，清扫积雪，然后将其雪堆送到田地、水窖或菜园、树林，使其慢慢融化。不同的是，我会选择晴朗的时日，静立或静蹲在田埂上、或有积雪的树木旁倾听，倾听雪花为水时的声音，倾听阳光爱抚雪花的幸福，倾听雪与水的对白。

最近的一次倾听是在初冬的第一场雪后，这是一个阳光明媚的早晨，我来到被绸缎似的阳光包住的雪堆旁，蹲下身子，眼前雪水四面八方地从阳光包着的雪堆钻出，蚯蚓似的。看着看着就倾听到这样的对话：

雪说：知道你一生的辛苦，胸怀矢志不移的痴情！

水说：懂得你一世的包容，是你的一颗冰心，让我完成凝固中的飞升！

雪说：天地父母孕育你我风骨，你我难分；

水说：四季秩序赋予你我责任，你我同心；

雪说：去吧，去履行你的使命，携阳光之能，体味年年岁岁的缤纷；

水说：不说再见，原本你是我热血的结晶，我是你无私的柔情……

正在这时，一位身着白色羽绒服，围着红色围巾的少女，抑或是少妇从我的身边经过，衣兜中的手机传送出玖月奇迹的《你若盛开》，就"一指檀香的慈爱，让思念不会腐坏……"的那种缠绵，那种柔情电流一样激活我的思绪。无限感慨涌现心头，滚滚红尘中，的确唯"爱是永恒的存在，像一朵花的姿态"，"你若盛开，我愿在这里等待"。然而，祈愿中，又有多少爱升华成雪与水的境界？

在《你若盛开》的音符架构成的旋律中，我的思绪如影随形，那一颗颗音符好似一朵朵洁白的雪花，那如诉的旋律好似雪花为水后汇集成的溪流，在清晰、渐远、隐约、消遁后营造出的静默气场里，我听到了这样的声音：

"你尝过雪花吗？

你能亲我吗？

就一下，

好吗？

哥！"

这是从前，在大雪纷飞的山顶上，一个纳西族少女曾经这样问她的阿哥。这样的问话被一个名叫陈奕纯的人听到了，他把这样的问话写成了散文《玉龙雪山之上》的开头。当我在本命年初冬的一个早上看到这篇散文时，我的心中就有了用雪堆成的那个纳西族少女形象。

她站在高高的山顶上，等待阿哥的回答。突然，阿哥什么也没说，一把将她紧紧抱住，直到她变成了他怀里的一汪雪水。他把无边的温暖给她，把男人的力量和柔情给她，把一个人的初吻给她，把能给的一切都给她。

他和她是同族，相爱是要杀头的，但爱情来了，谁想拦也拦不住。善良的人们都不敢想象他们的下场。

天地大美，雪山之上，暴风肆意呼啸，因为爱情，所以，人比山高。后来，他们两个从山顶纵身跳下。山倒下去了，雪拥上去了……他们在完成世上最美丽的一瞬，变成了一个雪与水的神话……

你说你也喜欢雪，从那年每一场雪化为水的过程中，我感悟万物的依存，感受季节的秩序，感受人生的短暂无常。

　　常常有喜鹊不知从哪里飞来，毫无顾忌地落在我眼前正在静静融化的雪堆边，好像也在倾听和感悟什么，它听到了什么？它悟出那句"三伏不喝水，九九不进窝"的谶语内涵了吗？

　　常常也看到雪化为水的从容，那种从容绝对是放下一切的从容，毫无功利，静默坦荡的从容，是在大道上激情澎湃，羽化成仙的从容……由一朵花化成一滴水，再由一滴水升华成一朵花，自然之造化，遵循天道规律，何等的神奇？

　　因为雪性，在西海固大地上生出这样一条谚语：瑞雪兆丰年。由此，我年年盼望一场一场瑞雪的到来；盼望雪化为水的浸润下，因丰收而有无数张笑脸花一样绽放。

　　在一次次雪化为水的感悟中，我像是撬开了时光的隐秘部位，窥视到来自内心的脆弱。在小雪的那天，有朋友发来短信："雪般的时光，顷刻便会融化，爱铸的友情，阳光般恒久。今天小雪，你那里下雪了吗？"

　　在阅读完这条短信的那一瞬间，我忽然想起一位诗人的一首诗，录入手机，稍做改动立即发送。

今夜落雪，我们相拥着
从那一场雪，谈到这一场雪
太多的记忆
刚刚披衣起身，又静静平息

想起那个冬日的清晨
我把雪人堆成你的模样
素洁、纯美
你嗔怪雪人的眼睛太小
鼻子不够翘起
忽略了我在风中

单薄的衣衫和冻僵的手指

当我们偎依着炉子跳动的火苗
谈到青涩恋情的时刻
一朵朵雪花
已悄然落到了你我的鬓角

　　知道你好多年不读诗了，肯定也没有读过这首诗，知道现实生活已经将你曾经心存着的人生浪漫秋风扫落叶一样改变，但我不会忘记你喜欢雪的嗜好，不会忘记一起看雪时的那种幸福，不会忘记因雪带来的那些感动，因为你，因为这一嗜好，我便有了雪化为水的感悟，心生雪化为水过程中那种羽化成仙的感觉……

　　期待下一场雪降临时，我陪你一起去赏雪好吗？

独处深秋

独处深秋，就像品茶一样，用上好的紫砂壶沏好，然后斟饮，自然就会品出茶韵，就会品出茶香，慢慢地就会被茶水中蕴藏的天地之精气陶醉。秋之韵味，也当这样去品，才能品出深藏的大道来。

史载："夫春生夏长，秋收冬藏，此天道之大经也。弗顺则无以为天下纲纪。"（《史记·太史公自序》）。时令之中，我以为春生、夏长、冬藏的胜景身临其境的看看就足了，只有秋收光看是不够的，需要用心来品。

在五行构筑的大自然中，春华秋实潜藏的秘密太多。最为基本的当是因果。因果构筑了尘世间一切合理的存在。仔细想想就会明白。秋以果的形态，果以禅方式揭示生命繁衍密码。自然秋就显得厚实，不慢慢去品，是难以感受到它其中深藏的美的。

中华民族的意识中潜藏着对自然的敬畏，由此，在不同的季节就产生了集体祭祀或庆典的节日。中秋节——一个融入中华民族良好心愿的节日。其实，在我心灵体验中，这是一个品秋的节日。

虔诚地将一方桌置于院子中央，用瓷盘盛上鲜嫩的水果和母亲精心炮制的月饼，用瓷碗盛上五谷当作香炉放在方桌前端，一切准备妥当后，净手燃香，作揖后将香插入香炉，跪拜。待一炷香燃尽，焚裱破散收盘，再品其味，满心香甜。这是在农村老家时的亲历。

来到小城后，没有院落，但每逢此节，品秋情结却毫无改变，以凉台为院，以茶几为桌，摆上选购好的水果、月饼，效仿先人的程式敬献月老。不同的是，搬一把藤椅坐在凉台上，观香烟袅袅，品月光温情，抑或放一曲苏轼《水调歌头》，在古筝清澈的音韵中，欣赏"明月几时有？把酒问青天……人有悲欢离合，月有阴晴圆缺，此事古难全。但愿人长久，千里共婵娟。"中涓涓流淌的人生美好祝愿。

独处深秋，看大雁南飞，观秋风碾过的四野，为那些站在岁月的枝头向往春天的枯黄叶了伤感。

触景生情，很妥帖的道出了情字源头，于是，便告诫自己向那源头靠近。

一枝一叶总关情。一个"情"字，满腔思绪。

这一年秋天的一个黄昏，当我不经意间用触摸万物的手，接住枝头一滴飘落的红时，我真切地感到一个沉甸甸的秋就这样抵达我的内心。在我静心感受那片落红传递于我的生命生灭流变的信息时，我选择从文字开始，在秋天的氛围中，品其贤哲、帝王、诗人们在秋天留下的人生感悟。

"何处秋风至？萧萧送雁群。朝来入庭树，孤客最先闻。"（《秋风引》刘禹锡）。我虽难以揣测他当时的心境。但在想象中，独处深秋的人，矗立窗前，手把斟满菊花酒香的玉杯，独斟独饮。他也在品秋。隐隐约约，我感到那个秋天，深度的孤独在寂静的空间把时光遗忘，也把他遗忘，落叶的声音恍然若梦，冰凉如水的月光穿越乡愁……

沿着一种思绪，顺着文字铺就的道，我遁入公元前113年的那个秋天。顾盼流连时，仿佛被一种无形的绳索牵引着，走进《秋风辞》："秋风起兮白云飞，草木黄落兮雁南归。兰有秀兮菊有芳，怀佳人兮不能忘。泛楼船兮济汾河，横中流兮扬素波。箫鼓鸣兮发棹歌，欢乐极兮哀情多。少壮几时兮奈老何！"

有人说，这首诗是一代帝王汉武帝率领群臣到河东郡汾阳县祭祀后土，乘坐楼船泛舟汾河，饮宴中流，触景生情，感慨万千，写下的千古绝调，主要表达了帝王求贤若渴的心理。品其韵致，我却不这样认为，我倒觉得，在一代帝王人生缺少了应有的挫折和失意，顺畅的不可思议的背景下，面对这样的太平胜景，这样的歌舞升平，这样草木摇落的秋色，他生发的当是矛盾的内心感受，既有在秋风中的感伤无奈也有不甘老去、在感伤中奋起的雄心的慨叹。正如王尧衢《古诗合解》卷中所言："乐极悲来，乃人情之常也。愁乐事可复而盛年难在。武帝求长生而慕神仙，正为此一段苦处难遣耳。念及此而歌啸中流，顿觉兴尽，然自是绝妙好辞。"

应该是这样，原来，即便是君王也免不了生老病死，眼前的尊贵荣华终有尽时，人生老之将至，所有一切也会随着死亡不复存在，所以又怎能不因为"少壮几时兮奈老何"而忧伤呢？

自此，在贤哲、帝王、诗人品其秋韵时生发的心境中，我感到秋天就是一把聚合神力、开启人心智的钥匙。不然怎么会有"长相思兮长相忆，短相思兮无穷极"（《秋风词》李白）、"安得广厦千万间，大庇天下寒士俱欢颜，风雨不动安如山。呜呼！何时眼前突兀见此屋，吾庐独破受冻死亦足！"（《茅屋为秋风所破歌》杜甫）这般思情呢？如果不用心去品，又如何能感受到被秋风沏得浓酽的诗香呢？

品秋。从凋谢的蝉音那一刻起，从野菊花香弥漫山野的那一刻起，从我接住枝头飘落的那一片红叶起，我恍然觉得，在这个季节，虽然听不到灵魂拔节的声音，但生命会又一次淬火，然后骤然上升。这是天道吗？我问自己……

静夜听雨

几年前就将这 4 个汉字如此的排列，这种举动或许是在我人生的那一个静夜，因为一场久违的雨水触发了我的灵感，想写写雨水以及被雨水滋润的苍生的缘由。然而一直没有成文的原因是我不敢轻易动笔。但对于这 4 个字，我每天像礼佛的信徒诵读六字真言一样诵读。在每一次诵读中，我的大脑中都会滋生出千姿百态的意境。其中也有过南宋词人蒋捷笔下的"少年听雨歌楼上，红烛昏罗帐。壮年听雨客舟中，江阔云低断雁叫西风。而今听雨僧庐下，鬓已星星也。悲欢离合总无情，一任阶前点滴到天明。"（《虞美人·听雨》）的那种。可是不知什么原因，随着时间的推移，这种意境却毫无缘由地从我的大脑中渐次隐遁。在我的年龄被时光之舟载送到不惑的岸边后，倾听便成了充实自我的功课。在一次次倾听中，我懂得在五行缺水的家乡，在十年九旱的西海固，听雨绝不是一个人为营造风花雪月的那种浪漫而选择的爱好。从某种意义上说，生活在这里芸芸众生，之于一场雨水的到来，胜过一场精彩的全本秦腔演唱，对于上天恩赐的雨水和雨水落地的轻重缓急，其实是在用心倾听年景。雨水落地的声音，如颗粒归仓，如洞房花烛。我亦如此。

静夜听雨，这4个字中虽然多了点文人情怀，但在西海固的文人内心，是想通过这种声音校正自我，消解因空气的干燥而引发的心灵焦虑。

就这样，在我生命历程的不同阶段，我听到雨水的不同意蕴。在童年，只要听到雨声，便会毫不犹疑地高呼：毛毛雨，大大下，净沟子娃娃泡涝坝。那时，村口有一个涝坝，涝坝一年之中多半无水，在岁月中极像一张饥饿的大口，期待有雨水充饥。只要下雨，村民们会不约而同地引水流入。在有水的夏日，涝坝就是我们这些孩童的游泳池，在结冰的冬日，涝坝就是滑冰场，那种乐趣无言说清。现在每次回乡下老家经过那里，看到涝坝的残痕断廓时，心头依然会滋生无限伤感。那一刻，我深切地感受到雨水之于涝坝，之于生命，之于万物是多么的重要。也常常听到廊檐水和水桶、盆罐的对话，叮当作响的声音曼妙无比的兴奋着廊檐下的人；也无数次地听到雨后积水处畜生饱饮后长出了一口气的惬意和祥和。但这一时期，我听到的大多却是乡亲们的哀叹和对上天的抱怨。

就这样，在我人生的不同时期，我听到雨水的丰富内涵。在年少轻狂不再的当下，听雨的情结愈来愈浓。在略识诗文的那一个静夜，当我听到一朵叫杜甫的云从成都草堂飘来，降下一场好雨时，我看到故乡的山野退耕还林后，一种叫柠条的植物发情，一种叫紫花苜蓿的牧草起浪，一种叫蝴蝶或蜜蜂的昆虫起舞，它们触动我的情感神经，我抑制不住这样的感动，欣喜的、虔诚的为雨水"润物细无声"品行燃香致敬。在香烟袅袅的氛围中，感受那些曾经的哀叹和抱怨背后的缺失，感受天地之恩惠，江河之痴情。

就这样，在成长的过程中，不需要准备，只要一场雨到来，不管是白天还是夜晚，我都会静静地伫立在窗前，倾听这来自天外的旋律，倾听这旋律中清澈和大爱，我尤喜这样的旋律带着水的质感敲打我心灵之窗，洁净着我被世俗之尘侵染的灵魂。在这优美的声音渗入心田的时刻，我会看到因雨水的滋润而生发的盎然生机，听到生命拔节的脆响。

喜欢听雨，就像许多人喜欢打麻将，掀牛九，跳舞，唱歌一样。我喜欢在清晨，在午后，在黄昏，尤其在静夜听雨。这绝不是附庸风雅，装腔作势。有风或者无风都无关紧要。这样的时分，这样天气，这样的心境。听雨，听夜雨敲窗，只有在这万籁静寂的时刻，在属于自己的时刻，当雨声响起时，我知道所有的尘嚣都会远去。我明白天地通过雨水交融而显现厚德，自我通过雨水滋养而显露品行。不以物喜，不以己悲，在我内心，听雨是我选择的礼拜，是在倾听悠然自得而不沉溺的天籁昭示……

深度疼痛

在日渐国富的当下生活中，虽然常常有"万物美好，我在其中"的幸福感，但也随时感到有良知被蒙蔽的深度疼痛。这种疼痛感绝非杞人忧天的那种，而是来源于心存良知，为一个民族能屹立于地球之上的灵魂之痛，这种痛刻骨铭心！

之所以产生这样的感觉，源于小时候有过这样的亲历。在我童年时期，因家中时常遇到无米下锅，吃了上顿无下顿的困境，导致我身体瘦弱，精神恍惚，俨然一副秋后霜打的茄子，蔫头耷脑。无奈，父母忙里偷闲，请高人为我把病，父母向他说明病状，高人断言：你家娃娃把魂丢了，如果不把魂招回，性命难保。父母一听吓得脸色发黄。就这样，在高人的指点下，我的父母在一个夕阳将要落山，牛羊开始进圈的时分开始了为我招魂的议程。他们将我安排睡在炕上，然后在灶前上香、焚表，接着将我的汗衫拿去。他们从村口开始，沿着通向我家的巷道，母亲拿着我的汗衫走在前面喊我的乳名，父亲应答：回来了，直到家中把汗衫置于我的枕头下。如此一周时间。

其间，母亲选择 7 家人，放下自尊，诸家讨要面粉。那个年代，各家境况不一，讨要来的面粉色相参差，有麦面、有玉米面，也有谷面或豆面等。母亲将讨要来的面粉精心地调和制成 7 个面老虎，虔诚地置于灶台上方的架板处，每天取下一个在灶膛烧熟，让我独享。渐次，我的精神状况大有好转。

深省世事后，我明白自己后来之所以能健康成长，源于父母为我的精神家园点亮了一盏希望之灯，那一只只面老虎在我心灵的空间营造起一道抵制邪恶，庇护良知的防线。在这盏灯光和那一只只面老虎的呵护中，我走出村庄，走向城市，在新的环境中，生活着，亲历着当下世界在转型中的裂变。不同童年的那种亲历的是，在经济指标不断攀升的今天，我们一边匆忙赶路，一边抱怨人心不古，但却从未静下心想过问题出在哪里。同时生活在一个小区，彼此的面目却显得模糊不清。"一方有难，八方支援"的那种友善也渐次被冷漠的世风不知吹到哪里去了？这使我不由想起了那个缺衣少食的年代温暖人心的情景：我看到母亲将一碗充饥的玉米面疙瘩送给来我家门口讨吃老人，老人就着泪水狼吞虎咽，我看到父老乡亲为那些放下尊严的弱者端一碗茶，送一颗洋芋或半碗杂粮的画面。在这些记忆中的情景和画面的映衬下，我耳畔回响起这样的话语："这块地里种的是卖给城里人吃的，这块地里种的是自己家里人吃的，卖给城里人吃的是用药水催长成的，自家吃的没用药。"这是我随记者去采访设施农业时听到的一位种植葱头的乡下中年妇女的言辞。我被这携带着血腥的言辞堵得胸闷。直到有一天我在上班的通勤车上听说一位好心人为救晕倒在马路上的老人被讹的事后，我感到一个人如果连最起码的良知都没有，这是多么可怕的事。

2010 年，我被当地纪检监察部门聘为机关效能、政风、行风监督员，在例行职责中我遇到这样的事：那是一个寒风凛冽，雪花飘飘的早晨，我受命和两名监督员拿上事先设计好的调查表去指定的几家单位做民意调查，说明来意后，组长强调一定要客观公正。调查表发给部分员工，集中填写。我在巡视中发现有人只给本单位填"好"，给其他单位填"差"，有的人毫不手软的给党委、政府填"差"，有的人一看就是随心所欲，用手中的那支本该很重的笔轻描淡写。因为是民意调查，我现场询问了几个评议者。你知道这个单位是干啥的？我指着他已填上"差"字的那个单位问。不知道！那你为啥认为这个单位差？这个……他犹豫了一下说，我想我不知道的单位肯定不是个好单位。听了他的回答，我本想将这个单位的工作业绩向他介绍，然而，面对他一脸自豪，我言梗语塞。

那天晚上，我失眠了。我想到的是那些被人们误解或者被人们主观臆断打上"差"字烙印的单位和个人。在这个凡事以排名论英雄的机制中，它们和他们将要接受怎样的评判？这不是小事，我想，一个公民如果用人民赋予他的那点权利，毫无责任的去评价一个单位或领导，以至以一种假象蒙蔽正义、公正，久而久之，会有怎样的事情发生，难一推断。但可以肯定，"城门失火殃及池鱼"，"千里之提溃于蚁穴"的事必然会发生。美国次贷危机就是一个例证。

行文至此，我承受着深度疼痛，寻找医治疼痛的良方，我找到明代理学家王阳明，他告诉我："良知即是道，良知之在人心，不但圣贤，虽常人亦无不如此。若无有物欲牵蔽，但徇著良知发用流行将去，即无不是道"（《答陆原静书》）。在寻找良方的岸头，我又一次打捞起这样一个故事：

那是一个万物生长的季节。一天，一位哲人把弟子们带到一片杂草丛生的地方问道："如何除掉这里的杂草？"他的话音刚落就有弟子抢答："老师，只要铲子就够了。"哲人点点头。接着又有弟子说："用火烧去也是一种好办法。"哲人微笑了一下，示意其他弟子。其他弟子有的说"撒上石灰就能除掉，有的说斩草要除根，只要把根挖出来就行了"……等弟子们一个个回答完毕后，哲人对众弟子们说："今天的课就上到这里了，你们回去后，按照各自的方法去除一片杂草地，一年后，我们再来这里相聚。"

一年后，他们相聚的地方变成了一片庄稼地。可弟子们始终没有等到哲人的到来。后来，哲人去世，弟子们在整理他的言论时，恍然顿悟到恩师的良苦用心。人死不能复活，为了感谢恩师的教诲，他们私自在哲人言论的最后补写了一章：要想除掉杂草，那就在上面种上庄稼。

在贤哲的启迪下，我觅到医治深度疼痛病灶的良方，那就是在心田播种良知……

享受那段梦想与现实融合的时光

不经意间被岁月的巨浪掀到了怀旧的年龄。

进入中年后，不定什么时候，我就会想起 20 多年前的那个春日，我从固原县三营乡简陋的汽车站，兴冲冲登上了进城的班车，在拥挤的车厢内站着，目视车窗外被寒风扬起的烟尘，那是 3 月，缕缕烟尘中携带着故乡的气息，从此我告别了在三营的 17 年校园生活。

一路向南，在这辆客车的走走停停中，我记着每个站点。当我落脚固原汽车站时，有零星雪花飘落，我穿着一件深蓝色的风雪大衣，围着一条淡灰色的拉毛围巾，走出车站径直向安身在固原行署大院的文联走去。因为在这座城市的师范就读了 3 年，这里的大街小巷通向哪里还是知道的。我穿过一条名为柳树巷的街道，向右一拐就到了我要去的大院门口。我向门卫出示了一纸调令，他们打量了一下我的文质彬彬，便向我指引文联所在地。我没有急着离开，是因为门口的两株迎春花，真可谓繁花似锦。粉色的花朵尽情地散溢着甜甜的清香，那一刻，我的心境如眼前的迎春花一样。

于我而言，这次命运的转折皆因我的文学情节。现在已想不起来是何缘由我对写作产生了兴趣，只要有空我就写，参加工作后依然没有放弃。还是应验了"坚持就是胜利"这句话。毋庸置疑，我是那个年代的幸运儿，因文联的接纳，我破例从乡下调入县城。用文友的话说，是一步登天。这童话般的经历，不能不说是遇到贵人地相携。

一年后，当我在一次文学活动中与贵人火仲舫、李成福坐在一张圆桌时，我虔诚地举杯一一敬他们，表达了我一直以来的感谢。

我是以办公室秘书身份调进文联的。那时文联在行署大楼后面靠东边的一栋挂着固原宗教局牌子的三楼办公。各个办公室都很小。我被安排到阴面两间大的办公室，在老主任李成福的帮助下，用档案隔出一张单人床的空间，从此开始了我的文联生涯。每天早上从收发室取回报刊和标有《六盘山》编辑部字样信件，处理完文案工作后，拆封五花八门的信封，分类一一登记。这一过程中我强烈地感受到从信封取出是一颗颗热乎乎的憧憬之心。见证着一篇篇被我登记过的稿件变成铅字，别样幸福在我心间荡漾。

在那段时光中，给我留下最深影响的是办公室主任兼《六盘山》副主编的李成福老师。他让我深得学高为师的精髓。那时他编散文，分送到他案头的稿件从不敷衍，看稿十分仔细，无论通过还是没通过的稿子，他每次在提稿签的意见栏里，总是写得满满当当，他的钢笔字清秀隽永。书写的意见，条理分明，细致入微，从中让我学到了一个编辑的职业精神。

李老师是一个恩威并重的长者。他传授给我的"朗读校对法"，在处理公文和校对稿件时屡试不爽。他给我安排办公室工作时，声音很小却颇有穿透力。对文联办公室工作熟悉后，我有了空闲，当时任编辑部主任的郭文斌知道我喜欢写作，就把来稿的初选工作交给我，为了那一颗颗憧憬之心，为了减少编辑们的劳动量，我发挥中学17年语文和美术教师判断、审美的优势，筛选的稿件得到编辑们的肯定。这项工作持续了近两年，郭文斌主任主持召开编辑部工作会，会上他提出开设校园栏目，每期两个页码并交由我负责。大家一直同意，会后向火仲舫主席汇报，他把我叫到他的办公室语重心长地嘱咐我如何处理办公室工作和编辑工作。真是听君一席话胜多十年书。后来，郭文斌主任还将采写报告文学的事给我，这样的平台对一个心怀文学梦想的人来说是多么的重要。我给地区幼儿园采写的报告文学《用爱心筑起的乐园》曾荣获固原第四次文学艺术作品优秀奖。

给我留下深刻影响的还有默默无闻的编辑闻玉霞。她工作的认真态度着实令人钦佩。经她编辑的稿子多次被《小说选刊》《散文选刊》《中华文学选刊》选载。在编辑们的共同经营下，《六盘山》期刊在时代发展的浪潮中没有被淘汰，从人工画版、排版到电脑设计版式；从铅印到数字印刷；从没有财政预算经费到有了固定的办刊经费保障，《六盘山》一路向好，在打造"西海固文学"品牌，培养西海固作家方面发挥了重要的作用。

虽然固原行署大院门前的那两棵迎春花随着大院的消失而不知归隐何处，但它不负时光，不负韶华的气节无时无刻修正我的懒惰和随意。

2016年《六盘山》全面改版，按照"高原气质，文学固原"的办刊定位，以着力培养本土文艺人才为己任，增设古风栏目，实行栏目化管理，提高稿费标准，严把作品质量关，收到读者和同行的热评、好评。

历经40年风雨的《六盘山》和巍峨的六盘山，共同见证固原这块神奇土地上的变迁，以非凡的气度容纳书写精神高地上的华丽蜕变和精彩华章。

回顾刊物扶持一茬茬年轻作家成长之路，惊喜还是有的，从《六盘山》起步扬帆，成为宁夏文学乃至中国当文学主力军的有之；斩获国家级文学奖项者有之；在各行各业成为带头人者有之。惊喜之余难免有遗憾之处。有些基层文学爱好者出手不凡，才华毕现，可惜后劲不足。作为编辑，发现作者是欣喜的，但发现一个有才华的作者，却没有把他扶植到应有的成功地步，总会为之叹息。

当编辑是为他人作嫁衣，但能够做好嫁衣实属不易。特别是做《六盘山》的编辑，因为他们都身兼文联的其他工作。他们在干好编辑的同时，还没有放弃业余创作。其中我是最大的受益者。感念火仲舫主席、李成福主任和兄弟姊妹般给我关照的郭文斌、闻玉霞以及文联的其他同志。他们的黄土高原般厚实的人品，宽容与包容兼备，为文学事业做出了巨大贡献。在他们那一代编辑身上，我看到了许多优秀品质，这些都是那个年代《六盘山》积攒的宝贵财富，让我和先后担任编辑工作的同仁们，受益多多。

在享受那段梦想与现实融合的时光中，我找到了通往远方的路径。策划举办征文活动，组织开展文学作品研讨会，实施鲁迅文学院"西海固作家"高研班项目，编辑出版文学固原系列丛书等。

在享受那段梦想与现实融合的时光中，我感受到了包容和理解的气场之于一个内向的人是多么重要。

在享受那段梦想与现实融合的时光中，我学会了与季节、山川、河流的对话，学会了把酒问明月般地打开。

忽然想起一句话："无论你学富五车，还是才高八斗，没有平台你依然是个俗人。"在文联这 22 年的生活中，我真切感到平台的重要性。是文联这个平台和文联人的宽厚成全我的事业。

从一个《六盘山》忠实的读者到作者，从作者到编辑，从编辑到主编，这一路走来，在一行行，一篇篇文字中感受中华民族从站起来到富起来再到强起来的脉动，我为这份刊物倍感自豪。坚守初心，锻造品质。在西海固大地上，文学这株铁杆庄稼如此葳蕤，《六盘山》功不可没。

在几代人搭建起《六盘山》这个舞台上，我看到胸怀文艺梦想的人，用激情和热血为时代立言，为时代画像。无数静夜，当我再次翻阅曾经的《六盘山》，发现那些隐藏如《追寻大先生》一样的文字丰碑，我会掩卷净手，燃起一炷香，怀念那些过往的人事，告诫自己：感恩之心不可无。

在这个望月怀远的季节，目视枝头姹紫嫣红，想到了不是所有的花朵都能孕育出这样的景致来，或许这是阿 Q 般的自我解脱，但在《六盘山》办刊人 40 年的坚守中，我所能及地是向他们致敬，向读者致敬！愿我们点燃红烛，一同搭乘《六盘山》这只船，轻舟向远时，一路花香……

沿着河流

因为一条河，我的生命便有了方向。

而对于方向的坚信，我从小就矢志不移。就像我坚信北斗星永远悬于天际的北边一样。流经故乡的清水河，发源于六盘山北麓一个名为黑刺沟的地方。相对于吸纳百川的海洋和一泻千里的大江，它只能算作一脉细流，而正是这脉细流润泽万物生灵时的痴情，使我顿悟到生命的意义。我在它的引领下，朝着认定的目标走去。

这是我省事后的一个夏日的午后，我久坐在清水河边，像沉迷于一部史书中一样，审视品读着这一线清流，直到看清色的本质：连接与消逝。它就像一棵大树上的一根枝条，连接着更粗的枝干和纷繁的树叶，却消逝在寒风霜雪中；它连接着沿途两岸的缕缕炊烟，却最终消逝于荒漠。在连接与消逝中，我时常被河水染绿的树木、良田以及家园、村落感动。时间久了，我也能看出树木的葱郁昭示着年景的好坏；良田的肥沃昭示日子的殷实；家园村落的静谧昭示着光阴的红火。

在我的印象中，西海固苍茫的大地上，几乎所有的地方都会在人们感到单调乏味之时，就会冒出一条像清水河一样的小河来，沿着这样的河流一路走下去，就会目睹到灿烂的文明正是以这种出其不意的方式延伸到每一个偏远的角落。

这是我久居闹市偷闲回乡下老家看望父母的又一个夏日的午后，我驻足河岸。天空云卷云舒，沿岸的田间地头人影闪动，在涓涓清流迂回曲折中，我的思绪飘向了遥远。我想起了发生在公元7世纪中叶，一个政治失意，受到牵连的落魄文人元结的故事。

元结被贬永州刺史，在他受命赴任时，感到路途愈走愈逼仄，视野中的景物也愈行愈荒凉，心地也愈来愈灰暗。正在这时，突然，他听见了清脆的水流声，他本来想放下行李，掬一口水喝喝，或者洗洗劳累的双脚，但是他被另一番景象惊呆了，顺着一线清流望去，到处是一片姹紫嫣红，树叶成荫、苔藓碧绿，他灰暗的心境一下为之明亮，荒凉的景物倏忽为之绚丽，元结赤足入水，顿时被清凉的溪水洗去了心中的烦忧。面对浩茫的宇宙，他一下觉得自己就像这条小溪里的一条鱼，因水而生，因溪而游。因为这条小溪的感动，他把这条小溪命名为浯溪。浯溪使他在远离了高官厚禄，车水马龙，皇城大气时找到了一个可以安放和融合心灵的地方；浯溪成为元结另一种文代精神的观照。他在那里感悟和寻找到人生的另一面。

面对故乡的小河，我像元结当年一样，时时觉得是它安静地浸我生命于其中。虽然它只是一条季节河，河道里的水在穿越岁月的烟云中越来越小，甚至一截一截地断流。但在它能流时就尽量地流，能流多长就流多长，即便是剩下很短一截了，也绝对保持着流水的姿态，实在不行时就潜入地下。经常看到河干了，却偶尔还有一弯水窝。亮亮明明的清水，告诉人们它并没有远离。

这股水流从生命的源头流来，永远的动荡，满怀着一腔赤诚，创造它的道路。每个浮游于天地之间的生命，却都被它滋养成了沿途一道道风景。

已记不清从什么时候开始，我就喜欢沿着河流，沿着故乡的这条河流走向远方。突然有一天，我却感觉到每一个生命从诞生到结束，就如这河流在大地上流经一样，有时细腻，有时波澜壮阔。壮阔时，则振雷霆之威；细腻时，则随遇而安，完全任其自然。故乡的这条河正是以如此的君子风范教化着两岸的庶民百姓，在艰难中奋进。

　　许多年以后，当我沿着这条河流走到城市文明的一隅后，在喧嚣的夜晚静坐在窗前，把杯品茗时，我记忆的底片上显现出美国诗人休斯的一首诗：

黑人谈河流

　　我认识河流；

　　我认识像世界一般古老而且比人的脉管里的人的血液的流动更古老的河流。

　　我的灵魂已经变得像河流一样深。

　　我曾沐浴在幼发拉底河中，当黎明到来不久的时候。

　　我曾挨近刚果河建筑我的茅屋，而它把我催眠。

　　我曾俯视过尼罗河，而且在河岸上修起了金字塔。

　　我曾听见密西西比河的歌唱，当阿贝·林肯顺流而下新奥尔良，而且我看见了它混浊的河面在落日中全变成金黄。

　　我认识河流。

　　古老的、幽暗的河流。

　　我的灵魂已经变得像河流一样深。

（邹绛译自《黑人诗选》）

　　多少次，我的思绪沿着古老的、幽暗的河流穿越时空，我静静的审视、静静地体味……

　　又是一个不眠夜，当春日清晨温暖的阳光透过窗口，亲吻我手中诗集的时候，窗台上两盆兰草已悄悄地结满星星一样纷繁的紫红色花朵，每朵花在淡黄色的阳光里默默地散着清香。

那一刻，我是多么的欣悦和感奋。

故园山水

风景这边独好

被时光缝合的山水

进入中年生活后，开始减繁，想让自己多一点轻松，因而也就有了周末或节假日独自或呼朋唤友到山野、河道、古堡、湖畔转悠的闲情逸致，也就有了考量这块土地之上生命生灭流变时触摸内心的感动。

想起一句民谚："三十年河东，三十年河西。"随即感觉到这句民谚原创者的智慧。以此常常安慰自己，人世间没有过不去的坎。有了这样的心态，再面对挫折所带来的苦恼或成功所带来的喜悦时，也就选择在时光中融化、沉静。

在凡尘生活中，之于自己，喜欢这样的定位：不把自己看得太重，我知道没有我，地球照样转着；但也不把自己看得太轻，有了我，至少一个家族的历史上会留下一个儿子、一个父亲、一个爷爷的痕迹。有了这点认知，也就看开了功利得失，也就常常用"精神胜利法"安抚自我。

在被时光撕裂又被时光缝合的这片黄土地上走来转去时，随便选择一处制高点放眼，我都会被视野中这方神奇的土地上所呈现出的种种可能激活感觉神经，然后在事视野中展现的胜景牵引下一路走下去，面对一处又一处的胜景，再没有被"三十年河东，三十年河西"这句话明了的能概括世相之变了。

　　事实上，在广大的帝国版图上，固原是一个微小的点。但在有史记载的2000多年间，任何一个目光锐利的战略家都会一眼盯住这个点。这是帝国的要穴，是我们文明的一处要穴，故史称"据八郡之肩背，绾三镇之要膂"，是通向中原大地的咽喉。

　　可以肯定地说，进入21世纪，你在任何一张《中华人民共和国地图》上都能找到固原，但你有可能忽略它的历史，依然选择按照思维定式推断，然后得出这样的结论：固原，地处宁夏南部山区，十年九旱，人畜饮水困难，一个很穷很苦的地方。20世纪70年代初联合国粮食开发署组织的考察团来这里考察后得出这里是"最不适宜人类生存的地区"的结论。然而，我可以自豪地告诉你，这里今非昔比，只要你想休闲看景，在事物的光辉里，怀一颗能观察，能感受的心你就会被这里清新的空气所陶醉，被山野的葱绿所浸染，被淡定、静美、淳朴的人文氛围所包笼。一路走去，你会被这块土地上散发出的独特气息洁净心里污浊。我就是在去了江南，感受了那里的烟雨缠绵，小桥流水的情致，畅游了朔北大漠，目睹了辽阔，苍劲的风骨返回后，在一个个周末或节假日独自或呼朋唤友游历故乡山川时，心中顿生："风景这边独好"的自豪感的。

　　从原州人文到西吉观念，从西吉观念到隆德书香，从隆德书香到泾源山水，再从泾源山水到彭阳精神，一路走走停停，停停看看，看看听听，一种无法说清的感觉不经意地在灵魂上重重地划出一道痕迹。我知道是故土在瞬间修正了我，让我的思想投向一个安静的居所，促使我对这片土地上的每一个人和让我的目光及思绪能够触及的地方进行审视，然后寻找心灵中真正的家园。在寻寻觅觅中，真切地感到这片土地依然是我生命中永远无法割舍的地方，我相信她一定会启迪来过这里的人看清心路。

穿过一个又一个被绿树环抱的村庄，世事的喧闹在思绪里一点点地远离。在五行缺水的这里，大地之上的树木，花草却以殉道道般的虔诚撑起希望的绿，它们是浓郁的诗，它们是神奇的画。在无尽的沧桑中，它们没有自傲，没有以功臣者自居；在岁月的沉重中，它们仍挺拔昂首，这里面有一种精神，这精神是属于我们这个民族，属于西海固的人民，它平凡里有着伟大，简朴却耐人寻味。

"从一丝风里，我寻找轻柔；从一团火里，我寻找刚烈；从一声虫鸣鸟语中，我寻找陌生心灵的跳动；从一顾一盼的眉目中，我寻找人生的崇高"（雷抒雁《追求，我的诗》）……

那么，就让我们一起选择原州人文、西吉观念、隆德书香、泾源山水、彭阳精神这样的制高点，去寻找轻柔、刚烈、跳动、温暖、崇高中隐藏的快乐吧。

原州禅意

史料中的原州，封存着诸多帝王将相、文人贤达的气息，那些气息在时光中发酵，散发着经久弥香。在"七营驼鸣""营川麦浪""须弥松涛""东山秋月""西海春波""莲沼听莺""六盘鸟道""瓦亭烟岚""云根雨穴""禹塔牧羊"的墨香中，如果你放飞思绪，那些美景一定会使心生激情，相约上心爱的人儿一一亲历，期间肯定会有很多的故事发生。当然这是秘密，而这个秘密一定会在人生的某一时段温暖一颗落满红尘的心。

我是在很多次抵达须弥山，静观红色岩体所承载的一种思想，一种学说时，被千年石窟中蕴藏的厚重和深不可测深深吸引。我审视着这座"佛"之居所，头脑里蓦地没有了时常缠绕的世俗的浮躁，心灵在这里寻找到了宁静，如同寻找到了一座小憩的港湾，在一株株苍松的身影下，我无法走出它们的目光，也无法远离开这大山般的身影，在细细的品读中，我被那种不屈不挠的意志所折服，真正地发现了自己的苍白和渺小。

清水河纵贯原州大地，一路济施苍生。屹立于固原古城东边清水河岸上的东岳山，传说是广成子曾经修道的圣地。从唐代起，就有人在山上开始兴建佛教与道教寺院。明代又进行了大规模的重建和修葺，后人又在山脚下集资建了孔子大殿，至此使东岳山形成了"九台十八院，七十二座大殿"的宏大建筑群，成为远近闻名一座宗教文化名山。据民国《固原县志》记载，唐代大臣、著名书法家褚遂良也亲笔为东岳山书写了"转轮殿"（阎罗殿）碑文。山上的五龙碑仿佛一幅精致的插图，诠释着一方水土的功德道行。至今，这座容"儒、释、道"为一体的高山可谓人们净心的一处好地方。

还有那逶迤环绕与城北的战国秦长城，它在我的心中是一个民族捍卫家园的心志，是凝固的刀光剑影。

每次登临这些精神高地，我都会静心感受磬钟敲响的那一刻渗透肌肤的禅意，香火承载着的善男性女的虔诚，西风古道上文化碰撞的悲壮。

每次从这些精神高地归来，我亦会咀嚼那些感受，在反刍历史中审视这块土地上历经的劫难，我仿佛听到一块文化锦缎被撕裂的声响，继而这声响激活了我肉裂骨断般的疼痛，在漫长的刻骨铭心的疼痛中，我努力寻找病灶，在长者的言谈中，在亲历者的表述里，在文字的痕迹中，我找到了无知。无奈，只好用一声长叹将疼痛转移，而后用知识之良药医治疼痛，我告诫自己：牢记历史……

就像"退耕还林"这副良药医治西海固山野的创伤一样，教育之策已在人们的心田种上了覆盖荒蛮的庄稼。

在全球气温变暖，中国许多城市持续高温的日子里，这里的清凉着实能让你美美地享受一把。如果你沿着原州的大街小巷转悠，那巷口街边的自乐班用秦腔营造的气场一定会感染你，让你自豪地告诉朋友，这地方值得一来。这就足了。

一个人眼中的西吉

西吉是一块潜藏无限可能的试验田。说无限可能是因为他们以"观念"做种子。这颗种子在黄土高原腹地已孵化出吸引外界目光的胜境。

"少生快富""央行青年林""中国首个文学之乡""西吉马铃薯"等，无论你目光聚焦哪一块，相信无限的感慨都会从心底奔涌。

我是在一个夏日的午后因为"黑美人"（新培育的一种马铃薯颜色呈黑紫色）的醇香曾激活我的味蕾，我慕名想看清她的前世而站在这里的。

西吉吉强镇万崖村长势看好的马铃薯地里，一眼望不到头的"黑美人"风姿绰约的在七月的阳光下托着白色的花，那花朵宛如她的眼睛，清纯中荡漾着出阁时的羞涩。蜂吟蝶舞，好一派丰收景象。听当地一位老农说，马铃薯秧上开多少朵花，地下就结多少颗籽。这样的种植规模在西吉随处可见。在视觉的兴奋中，我为西吉人民祝福。

沿着聂家河一路走下去，不时有山野的精灵们在视野窜蹦，或是兔子，或是山鸡，或是黄鼠，或是……它们给山野增添了无法形容的活力。

又一次被火石寨诱惑，在初秋的一个周末，带上相机乘坐朋友的丰田越野，避开官道沿后山的山谷进去。山谷深处移民后的家院被茂盛的蒿草占领，断砖残瓦掩映在草丛中携带着主人的眷恋，诉说着一个村庄的曾经。叫不上名字的山花一朵红、一朵黄、一朵紫的像玩捉迷藏的游戏，寻找花朵的蜂蝶和弥散的花香，给山野平添了生命的气息。火石寨是一个我国北方发育最为典型，分布集中，造型奇特，规模宏大的丹霞地貌群，驻足远观，这座屹立于黄土高原上的石山，仿佛一座孤岛被绿色包裹着，映入视野的花草、树木以昂扬的姿态书写着："谁言寸草心，报得三春晖。"

10多年前，我第一次来到这里，写过一篇题为"神奇的火石寨"的散文。在结尾有这样的句子：你是凝固的海，还是忘了归路的浪；你是历史的碑，还是自然的魂；你是寂静的喧哗，还是沉默的骚动？秋风夕阳里，你与花为伴，你与鸟歌唱，这难道不是你的神奇吗？

在老巷子等你

隆德得名于羊牧隆城及德顺军两名之尾首二字，寓意厚德。早在新石器时期，就有先民繁衍生息于此。这里关山险居，水道西行，历代为兵家必争之地，故有"关陇锁钥"之誉，"峰高华岳三千丈，险居秦关百二重"，是隆德所处地理位置重要性的真实写照。

雄伟的六盘山用它的身躯抵御着寒风对村庄的侵扰，渝河的清流滋润着两岸的良田，山间的草木。浓郁的书画气息和民间艺术传承着中华民族的优秀文化。来到这里仿佛回到故里。厚重的方言即刻像酽得扯线的罐罐茶，温暖内心。真是这样。情到浓处自然流，那我就在老巷子等你。

因为我们前世有缘
注定今世相见
在老巷子等你
陪你一起去游北联池
去看石窑寺
在"左公柳"的绿荫下
感受眼与眼的重逢

曾记否
那幅墨香浮载的《将进酒》
那幅书韵浸泡过的《雨铃霖》

曾记否
北象山的那枚霜叶

杨家店的那杯南风醇酒

因为我们今生的约定
注定共享每一个黄昏
在老巷子等你
陪你一起去品碌碡、马厩
去听伏羲的足音
在六盘山的怀抱中
领略心与心的风景

虽然我们都在形同虚设的命运中奔波
但爱的行囊不曾空过
那个皓月当空的夜晚
你带来的小猫咪
不情愿地扑打我的影子
你轻声问我：疼吗
我摇了摇头
那一刻
我看到你脸颊荡起红晕
将目光投向树杈上
那对栖息在巢外的花喜鹊

在老巷子等你
一天、一年、一辈子
即使站成一块石头
我也要和你一起
逃离世俗

找到世外桃源中弥散的温馨

就这样，我沿着一种思绪，欣赏隆德田园山水，在不同的季节登上六盘山，放开喉咙或高歌或咏诵那首毛泽东笔下的《清平乐·六盘山》时，从中感受字里行间的豪情和豪迈。在时光的流泻中，那种豪情和豪迈不经意间历练成"不到长城非好汉"的六盘山精神。

每次登临，无论是山花烂漫的春天，还是绿荫透凉的夏日，无论是层林尽染的秋季，还是白雪皑皑的冬天，我都能隐约地感到嗅到了这座巍峨的山中封存着的帝王将相、伟人贤达曾来过的气息，听到中国革命走向胜利的铿锵足音和那足音穿越风尘，诉说二万五千里漫漫征途上的艰辛和真情。

至今在我的内心深处窖藏美酒般的封藏着那个秋天的记忆，那是我和几位远道而来的文友一起用心听雁的记忆。在西海固，人们通常把大雁唤作"咕噜雁"。我们静坐山巅，虽然秋风吹乱了头发，但观云倾听的心境俨然有序。

一行"咕噜雁"就在我们谈论人间爱情的高潮中，从北向南扇动羽翅，从容而来，在一位朋友的惊叫声中，我们将目光转移，将话题转移。有人提议围绕"咕噜雁"造句。于是，我便有了这样的文字排列：

当"咕噜雁"从六盘山巅飞过时，"咕噜——咕噜"的鸣叫声俨然是凝露冷叹，是绽放在高天上的花朵。

当"咕噜雁"在这个季节出现在我的视野时，我以为它们是书写在天空中最美的时令诗。

当"咕噜雁"时而一字排列，时而转换成人字形，其间隐藏着怎样的生命秘籍？

当然，其他文友的造句更精彩。这些都源于当时的心境。如果有哪位看到我的这些文字想到屹立于隆德境内的六盘山上美一把，我愿奉陪……

泾河之源

不止一次来到这里，不止一次被这片神奇的土地所吸引。

一代天骄曾在这里弯弓操戈，多少豪杰曾在这里吟诗放歌。是因那个美丽的传说，还是因秀美的景色？是想目睹泾河分明；还是想纳凉避暑？是想观荷婀娜，还是想听泉音鸟鸣？

泾源，宁夏的最南端，地处六盘山东麓，东与甘肃平凉市相连，南与甘肃省华亭、庄浪相壤，西与隆德毗邻，北与原州、彭阳交界，素有"秦凤咽喉，关陇要地"之称，境内群山环抱，百泉汇流。被誉为黄土高原上的"绿色明珠"和"小九寨"。

朋友，当你目睹了南国的秀色，当你领略了诗人笔下凌绝顶而览众山小的境界后，不妨去那里一游。那里的溪水满怀着旷世痴情，矢志不移地滋润着万物生灵，串联起一个又一个梦幻。

寂静与喧哗相拥，雄奇与灵秀相伴，看彩蝶在绿染香浸的花草间翩翩起舞；听百鸟鸣蝉在繁枝密叶中歌吟，我的心时刻被天籁风物的真实心音所擢住，在夏日的凉风中把生命中的倦怠消融。

　　面对大自然鬼斧神工的杰作，仿佛有一种无法言说的力量将我的思想和精神融进了自然，体味着这块土地上的风情野趣，目视着杂草树木相偎相生，生灵栖息安居，我心中郁积的世间爱恨恩怨，功名荣辱顷刻都被天赐的和谐融化……

　　一个曾来过这里的诗人目睹了泾河清流后，动情地写下这样的诗句：

　　　　　　　泾河从另一种精神的草地上来

　　　　　　　将漂泊者的生命磨成一方宝石

　　　　　　　这让我们感到一种恩宠

　　　　　　　淡淡的花香顺流而下

　　　　　　　月光下的女人和隐藏在石头里的鸟声

　　　　　　　闪烁出美丽的光泽

　　　　　　　苦难作为一片叶子

　　　　　　　只有简单而肤浅的水波上漂移

　　　　　　　民歌躺在更远的山上

　　　　　　　我们要寻找的珍宝

　　　　　　　就在捧起的手掌之上

　　　　　　　幽深、明净、清洁

　　　　　　　我们能够触摸到的是幸福

　　　　　　　而不是物质

　　　　　　　流水，冷静而清高的秩序

　　　　　　　委身于铺满阳光的绿色走廊

　　　　　　　就像秋天美丽的收成

　　　　　　　远离尘嚣

归复可以安身立命的黄土

贯注天庭的灵性之水
穿起白纱款款走来
一种不可追溯的声音在泾河的源头
宁静地响起

至今，我记忆中依然封存着那个因文学而欢聚，因梦想而点燃激情的夜晚。在胭脂峡谷听涛，听出一线瘦水勇往直前的精神，在宿营地的篝火旁起舞，舞出"不知今夕是何年"的超脱。

在泾源的一位朋友的倡导下，我们出县城，向东越过一条小河后，沿河岸转了一大圈。河道边大片的肥沃土地上的庄稼已收割过，翻晒的土壤踏上去仿佛厚厚的海绵。不时有野兔从眼前惊跑，正在施工的河坝工程灯火通明，在空旷的原野，朋友们亮开嗓门，吼几声山花："掀起那个门帘我往屋里头看哟，我看见我的憨墩墩她睡着了，哎，我把我的憨墩墩想着……"或许是山花儿漫得太动情了，河道上传来了青蛙的应和，一声声蛙鸣仿佛一双双激情的大手，将泾源的面纱揭开，一个灵秀、含情、令人心动的泾源散发出胭脂的香甜……

皇甫谧故里

汉雨秦风沐浴过的大地之上，除了生长庄稼，还生长花草，除了生长花草，还生长树木，这些都不足为奇；一样的山冈，一样的村舍，一样纯朴的表情，这些也都不足为奇；令人惊奇的是生活在这一方水土之上的人们以自己的身体为水土，种植精神。

或许他们受其民间俗语"吃得苦中苦，方为人上人"影响，当然，这里所谓的"人上人"并不是谁踩着谁，谁压着谁，而是说，那个能吃苦的人定能得到人们的尊重。他们就是以"三苦"作风浇灌精神的，而且踏上这片土地，你就会被漫山遍野的精神之雕刻震撼。我深深地感激着我的双脚，它承载着一颗跳动的心，让我在这里感受到家的温暖，欣赏到版画一样的风光。

天地有大美。来到长城塬上那座不知哪年就遗失的残垣断壁前，不经意的一瞥，仿佛听到远古足音骤然响起，那足音渐次幻化出身穿汉服的皇甫谧，他衣冠楚楚，踩着潮湿的晨曦，将三炷点燃的香虔诚地插入那尊朝那鼎中，那神态像是在向上苍祈愿什么？难怪他会留下"洛阳纸贵"的经典。

无论你是游客，还是土著，只要你放开脚步跋山涉水，就一定能看到超乎想象的景致，感受到长城塬上风的柔情，羡慕朝那鸡的自由；随便登上一处高地，你的每一根神经就会和宇宙万物联系在一起，在繁杂、丰富、真实中将心安顿其中。

我知道，这一辈了想去的地方很多，但凡去过后就不想再去，究其原因，那些地方人们的眼中，我只不过是一个游客，是过客。这里不同，这里的山水所负载的是黄米酒的绵长情意，是温馨家园的旷世痴情。

几年前的一个夏日，我和几位爱好摄影的朋友来到红河沿岸一个农户的果园，一位年近古稀的老头在果园中给苹果树曲枝、打尖。发现我们给果树照相，便停下手中的活，邀我们进园，只见他拿起放在一棵梨树下的红色塑料盆子，亲手从梨树和李子树上摘下新鲜的泛着黄澄澄光泽的梨和紫红色的李子让我们品尝。我站在一棵硕果累累的梨树下问老人："像你家这么大的果园在方圆有多少？"老人抬手捋了一下银白色的胡须说："没数过，每个村子都有。"接着他笑着说："好好吃，多吃几个，我心里高兴。"

老者精神矍铄，面带笑容，他热情地把我们带到一棵李子树下说："这树上李子是我家园子里最好吃的，你们就不要客气，随便摘着吃。"我们品尝了甜脆的梨，吃了蜜般的李子后，翻山越岭之累顿消。朋友用镜头记录下了当时的场景，一个个和老者合影。临别时，我们付钱给老人，老人说啥也不要，嘴里叨叨着："几个果子能值几文钱"……在自然和谐的果园，我们感受到了绿色彭阳中蕴涵着的民风淳朴、热情好客的乡亲们积极的人生态度和永远进取的精神风貌。

每次从彭阳回到固原，我的内心深处竟会滋生皈依的举念。倘若有来生，我愿作彭阳山野间一棵树，一株草，一朵花……

如此盛开

那么，再让我们顺着时序，去领略这片土地的如此多娇吧。

如此盛开。在我觉来这是一场豪华的视觉盛宴，是大千世界的唯一。

虽然，在南国有四季花开的景致，但在我的眼中，那些草木枝头撑着的花多少有些娇柔，经不起考验，她们不敢正视太阳，不敢面对风霜。而在西海固虽说没有四季花海的景致。但这里的草木遵守天道，四时有序而不议。在凛冽的西北风落荒而逃，温湿的东南风趁势而上时，"春眠不觉晓，处处闻啼鸟"俨然一台大戏的开场。接着，幕布徐徐拉开，映入眼帘的是婀娜多姿，风情万种的有序登场。

先是小草像捉迷藏的孩子，偷偷地从土里钻出来，顾盼玩伴。不经意间，向阳处，田野里，瞧去，一大片一大片聚拢，在徐徐的暖风中摇头晃脑、窃窃私语。一夜间，不甘落伍的蒲公英点亮黄灿灿的灯笼，像似迎接生命中的一个值得庆祝的日子；桃树、杏树、梨树，无论在山沟、山坡、山巅，还是在河道、路畔、门前，都一股劲儿地诉说着各自的心事。那心事是愿为果的向往，那心事是妙龄少女闺中待嫁的密语。放眼望去，着实令人兴奋。

这样的时日，我是不会轻易放过的。选择一处高地，倚靠在一棵经年的杏树上，听百灵啾啾，看云卷云舒。

这样的时日，我是不会轻易浪费的。呼朋唤友，带上铁铲到田间，到林中挖野菜、掐苜蓿芽儿，抑或选择一处封存着昔日烟火的院落，在凄凄荒草中，期待有狐狸精出现。

这样的时日，当山野菜调制成一种心情，搭配上红的、粉的、白的花瓣时，我总会无端地想起 30 年前的荒芜。在今昔对比中，感慨油然而生：山河巨变，邀君早来看。一草一木真情报，风景这边独好。六盘山上旗展，万众把穷根铲。目光所到之处，一派欣欣向荣。

这样的时日，如若遇到雨天，我会矗立窗前，倾听一滴滴雨水和一朵朵花的缠绵。在玖月奇迹《你若盛开》的音律中清洗虚伪，沉静浮华。

在如此盛开的时光中，我感知大自然的恩赐，感知故土的巨变，我的心头就会顿然滋生出把优美梦境相遇的缘留在绚丽花开的那一刻，珍惜我身边的每一次真诚的境遇，珍惜自然中的明媚和沐浴着的阳光，让心中储存点滴的温暖，期待在下一季花开时你的如期而至……

观荷听水

子曰："智者乐水，仁者乐山。"

如果是在 30 年前，我是不敢邀请你来我们这里的。那时，这里的自然环境和人们生活的确是捉襟见肘，我怕你到来后被荒凉湮没心路。现在不同，现在你如果想避开红尘的喧嚣或在节假日选择一处风光，那你就在旅行的计划中确定一个叫固原的地方。

文化渊源中，生活在这方土地上的人们受中国传统——周礼的熏陶，为人处世憨厚淳朴，来后你就能感受到这方水土的盛情。

一条路，从山里来，在寻找幸福生活的源头中连绵不断。

一条路，向山外去，在追求人生价值的阳光下暖意盎然。

在我生命的跋涉中，沿着这样的路，走进了一处"世外桃源"。那就是藏在位于泾源县城西 6 千米处，出泾源县城，沿泾隆公路西行至窟窿峡向西的一条一线天之峡谷。峡谷中溪流潺潺，满生野茶，名曰"荷花苑"，因野荷而得名。幽幽曲谷，峰峰对峙，苍松蔽天，野荷掩道。丛丛松柏贴身窜于绝壁，红白桦木裸体悬于山崖。谷底水面清泓，绿叶黄花，苍翠芳菲。崎岖小道在野荷流水中延伸。长长峡谷犹如碧翠长廊，彩色画屏，满峡的陶醉，满谷的清香。

人性如此。沾红的唇影响心跳，如果你把持不住，为了一时的浪漫放纵自我，你将洁身不保。而想要品味一世的浪漫，就选择这一幽谷。置身其中，就会有终于等来了这样一个安静的日子和藏在这样的日子中的那份轻松、惬意。

那么，就让我陪你一起浸泡在幽静的清凉中轻松、惬意的观荷听水，让那婀娜摇曳的荷触动思绪。

生长在这条幽谷溪水中的荷花与江南湖泊中的荷花和北方公园池塘中的荷花是不一样的，这里的荷花有雄性般的阳刚之美，花呈金黄色，每朵花是由好多个形似铃铛的花瓣构成，这种形制会让人联想到庙宇飞檐上的风铃，随风摇曳中所发出的声音有种穿透时空的幽远。

倘若是在春天，你会欣赏到丛草茵茵，花黄灿灿，彩蝶翩翩起舞，百鸟嘤嘤歌唱的景致；倘若在盛夏之时，旭日金辉伴着云烟薄雾氤氲崇山峻岭，谷风习习，碧草花香沁人心脾。溪流两岸荷叶田田，碧玉夹道，绿伞如云。倘若你选择秋天抵达，那似火红叶，滚滚松涛一定会组合成视觉和听觉的盛宴，使你生发不虚此行的舒畅，如果你还想领略"世外桃源"的冬日风采，那就等待一场雪降临……

有人说：所有美好的东西，就是用自己最温暖的触角去抚摸留在记忆中的东西。一直以来有个心愿，想和你相遇在一个云淡风轻的午后，静坐在"荷花苑"中的山泉或者溪流边，看亭亭玉立的荷之高洁印在清澈的水中，在流泻的时光里丰满成一种安慰，让如扇的荷叶舒展我们的心情。

事实上，一个人来到这个世界，来到这个精神污染的世界，很难超凡脱俗，很难找到一种心安理得的娱乐，一种逃离束缚的轻松，一种惬意充实的享受，一种回归自然的宁静，不是没时间抑或没条件，而是为金榜题名，仕途升迁，纸醉金迷劳累了一颗心，恍然顿悟，那般的人生不可能留下值得反刍的往事。

"醉翁之意不在酒，在乎山水之间也。山水之乐，得之心而寓之酒也。"（欧阳修《醉翁亭记》）那就让这满谷的荷香渗透你我的肌肤，芬芳心空；让高洁之品化作一粒种子，成为我们想起都不由心生的恋意……

生命之道

一个"秋"字，足以窥视到先人们的大智慧，其间一定藏着一条漫漫大道。

"禾"，庄稼，解决生命繁衍的物质基础，"火"，物质燃烧过程中散发出光和热的现象，是人类文明的起始。在中华文明史上，文字不能不说是一个民族大智慧的结晶，在浩瀚的文字长河中，圣贤将"禾""火"二者合一，创造出新的意念，辩证地揭示出物质与精神的关系。在我对生命的深度认知中，就是这一字和与它相关的现象给了我许许多多的启示。

那我们就顺着"秋"之道，去品味固原山野的五彩缤纷吧！

从地理概念上看，固原位于我国黄土高原的西北边缘，境内以六盘山为南北脊柱，将全市分为东西两壁，呈南高北低之势。由于受河水切割、冲击，形成丘陵起伏，沟壑纵横，梁峁交错，山多川少，塬、梁、峁、壕交错的地理特征。属黄土丘陵沟壑区。这样的地理特征构筑了万物生存空间，四季呈现出不同的视觉效果。当夏天的葱茏和一波一波的蝉鸣被秋风漫过后，随处的黄色和红色惊艳眼球，恍然间，黄叶蝶飞，激起"秋风萧瑟天气凉，草木摇落露为霜。群燕辞归雁南翔，念君客游思断肠"（曹丕《燕歌行》）的感慨。

一花一世界，一叶一乾坤。

生长在这里的草木，它们深深懂得自己的使命，春来萌发，夏至葱茏，到了深秋时节，它们聆听大自然的召唤，从叶开始，一片片落叶仿佛参透生命之谜的精灵，它们明白，绚烂后必然会迎来凋零，而凋零又是另一种形式的重生，因而它们以殉道般的无畏有序地融入泥土，开始新的轮回之旅。

此时的山野，大都禅意十足，繁花落尽处，愿化为果的静候。无论是怎样的草木，在这个季节都会有结籽，坚守生命之道，静候下一季的来临，然而，这样的静候候来的无非是"点尽苍苔色欲空。竹篱茅舍要诗翁。花馀歌舞欢娱外，诗在经营惨淡中。听软语，笑衰容。一枝斜坠翠鬟松。浅颦轻笑谁堪醉，看取萧然林下风"的情景（辛弃疾《鹧鸪天》）。

尽管如此，这样记忆依然留有余香。儿时，总想着街市的繁华和热闹，每逢集日，就守候在巷道口期待父亲从街市归来，因为每每父亲从那里归来，一定买回几十颗楸子，一种圆圆、红红的味道酸甜的水果。就是这种水果丰富了我儿时的梦境。

在这样的高天风轻、大雁南飞的氛围中，和你一起行走在秋天的路上，毫无目的、随心所欲，看白云在眼前飘过，听溪水在涧间私语，突然有一种开悟的感觉，世间人事，宛如草木。

经过那些镶嵌在塬上或坐落在山脚下的村庄，你一定会问我村口老柳树下围着的人群在干什么？我告诉你，这是生活在这方土地上的人们休养生息的一种方式，他们以土地为棋盘，以石块或草木节为兵士，沙场征战，斗智斗勇。这种名为下方的游戏在这里广为流传。如果考究，也不失为一道人文景观。这样的游戏还有"下四码""狼吃娃娃"等。

继续前行，在秋阳的暖意中，认准一座山，登上去，我们视觉就会被静默溢香的野菊，黄里透红、索罗罗宿在枝条上的沙棘和那些临风傲霜的小草感动。它们不嫌弃这"塬、梁、峁、壕"的贫瘠，用一生的热情撑起山野的缤纷，它们好似是忘忧草、解语花，任你有千般的不舍、万般的牵挂，都在这一瞥里，化为绕指柔情。

在故土巨变的秋日，顺"秋"之道，目睹了不言之美，回到居所，想一路的风景昭示我的当是生活退居内心，期待的不应是灯红酒绿，而该是"待到重阳日，还来就菊花"的心境……

西海固的冬天

当多情的秋风吻别枝头的最后一片红叶时，这片有过春萌、蝉鸣、秋实的苍天厚土悄然地归于寂静。祖祖辈辈生活这里人们面对不同年景，浸泡在又一轮期待中。

期待大年脚步声响起，期待瑞雪的降临，期待选定的那个良辰吉日，祈愿来年风调雨顺……

这样的期待在酿制的黄米酒糟中发酵着，村头巷尾散溢着恬静和悠闲，"年年盼着年年富，年年穿的没裆裤"的哀叹已被红红火火的光阴覆盖。在这样美好的期待中，一场雪如期而至。

白了山岗，白了田野，白了树木，白了村落，如此之白育化着怎样的美景？

不用出门，就可以欣赏到别具一格的山水，那山水印在窗户明净的玻璃上：日月经天，江河行地，百花盛开，树木繁茂，燕子筑巢等，天下景致不经意间尽收眼底。

不用出门，就可以品尝到胜似山珍海味的佳肴，那佳肴就是炕洞中烫烫火烧烤的洋芋，就着腌制好的咸韭菜，吃一颗美味生津。

不出门，就让那浓浓的亲情熨烫风尘之痕，围着火炉呷一口罐罐茶和亲人们叙谈庄间邻里的过往，一切恩怨被酽茶化解。

如此之白育化出的一定还有打雪仗、滚雪球、堆雪人的经年之乐。

这个季节，当生命不再拥有昨日炫目的璀璨，当期待成为一种心境，喜欢用冰冷的双手去寻找那片萧瑟中的凛冽，用心感受雪花的妩媚动人，感受缥缈若若中渗透于心的朵朵温暖。记得你说过，雪花是精灵的化身，穿越时空的瞬间，有过蜕变的疼痛？在我伸手接住一朵雪花时，我感到了那种疼痛，看清了它的前世与今生。

这个季节，如果留心，我们还会看到那些出巢觅食的飞禽和狐狸、野兔之类的小动物，无意间用它们的足迹在皑皑大地上画竹绘梅景致，我以为那是世间最纯朴、最生动的画卷。

就这样，在辽远、寂静中，期待中的大年被剪成了五颜六色的窗花，盛开在农家的窗户上；在喧嚣、热闹的街市上，大年被形形色色的年货负载着进入千家万户；在扫尘、敬香、贴对联、耍社火的习俗中，大年成为别样的风景……

这些美景还不够的话，那我们就去户外，看孩子们不畏严寒玩我们曾经玩的游戏，打木牛（陀螺）、跳皮筋、打沙包，也许这些游戏会勾起你的美好记忆。

你还觉得不够尽兴，那我们就去战国秦长城的烽火台，重温毛泽东眼中的北国风光，领略"江山如此多娇，引无数英雄竞折腰。惜秦皇汉武，略输文采；唐宗宋祖，稍逊风骚。一代天骄，成吉思汗，只识弯弓射大雕。俱往矣，数风流人物，还看今朝"中流淌的豪情壮志，眺望西海固人民用汗水浇灌出来家园新景……

话说回来，这个季节的是一个反思的季节，在宁静中反思一路走来的坎坎坷坷，反思面对功名利禄时的心绪变化，或许在反思中还能育化出意料之外的美景，何乐而不为呢？

反思中你一定会悟出"三十年河东，三十年河西"这句话中的深意，坚信"山重水复疑无路，柳暗花明又一村"的惊喜就在转弯处。

去过了江南，游历大漠，欣赏了五岳，目睹了长江、黄河，在感叹祖国江山之壮丽后，也从内心深处生发这样的赞叹：历经30年之变的苍天之下，大地之上，风景这边独好！

倾听风声

　　我慢慢地认识到，一个人一生要抵达什么地方或亲历什么事件或结识什么样的人，都和机缘有着千丝万缕的关联。我相信存在着"有缘千里来相会，无缘对面不相识"中暗藏着禅意。

　　之于西吉上圈村，之于在那里认识的人，我以为这是上天赐予我的机缘。在我朴素认知的判断中，他们是用向善的举念，以摄影和文学本体的探讨为载体，寻找、开辟一条艺术与人生的大道。因了这个机缘，除了再次抵达上圈，除了和这些胸怀大爱的人零距离接触外，我还听到了一场生命之中从未听到过的风声。这风声如刻刀，将其在上圈的亲历和 2012 年 12 月 14 日这个有别于其他年份的日子一同镌刻于我的记忆的底片。

　　这天晚上，在马文有家听完几位这次活动的组织者，也是胸怀见识的大家解读、点评完几位参与者镜头中的影像后，临近午夜。原本安排在山那边马佐山家住宿的我，因懒于下沟爬山临时动意和郭宁主席他们一起住，去他们的房间，感觉温度不够，又改变主意。在一位小女孩的引领下，我走进马文有的邻居马俊家的小卖部，恰逢西吉县文联的李义被安排在这里住，他热情地邀我和他住，说晚上和主人聊天。说是聊天，其实是想采访一下马俊。加之主人的好客，我也就毫不客气的脱鞋上炕了。那阵子，我揭去了平日的虚伪，一来想用热炕的温暖消解我受凉鼓胀的肚子，二来我也是生于农村长于农村的，我知道到农家太过客气就显得生分了，主人会觉得你有所嫌弃。

我和李义坐在温暖的炕垴，背靠着接地气的墙体，听坐在炕头和炕边的马俊夫妇诉说他们的生活境遇。

这是一对有着两儿、两女的普通农家。过着日出而作，日落而息程式生活，面对即将迁出山外去生活的现状，他们除了流露出对故土的眷恋外，却毫无怨言地表达出对新生活的憧憬。

马俊的妻子属于农村那种很要强，干事果断，敢作敢为的女性。在她向我们诉说生活之艰难时，不时地指责丈夫的木讷，马俊在妻子的指责中也坦诚地承认自己的不足。言语间道出她为这把光阴付出的太多，她说4个娃娃，大儿子已成家，大女儿已出嫁，小儿子书没念成在银川打工，小女儿还在西吉中就读。说到这里，她仿佛忆起了什么伤心事，声音有点凝噎，她抬手抹了一把泪，控制了一下自己的情绪，接着说："唉，不说还罢，一说就心酸。去年很背霉，我往回拉洋芋，到村子的拐弯处路塌了，连人带车掉进了塌陷的地方，差点没命了。住院花了两万多，刚出院，小儿子又出事了，脚摔骨折了。"说着，她还拿出医院给小儿子骨折的脚拍的片子给我们看。我俩询问医疗费报销的情况，带起她又一次对丈夫的指责，说是丈夫去报医药费时把户口和医疗卡弄丢了，还没补办来，看病的钱暂时还用贷款垫付。我们谈了很长时间了，她说："这人一生几截子活呢，人勤地不懒，只要有一把好苦，不要干昧良心的事，没有过不去的坎。"回味她的话，我感慨万分。我想其实人生是这样，真的是这样！

马俊的妻子离开小卖部时，一再叮嘱丈夫，拿王老吉饮料给我俩喝，丈夫从货架上取了两听王老吉，我俩接过后没有打开放到炕前的桌子上。但他们夫妇的淳朴、善良、好客、热情和热爱生活，积极进取的人生态度就像补充正能量的王老吉，给我们的精神补充了支撑向善，勤俭生活的钙。

午夜已过，昏黄的灯光下，李义继续和主人攀谈，我盖上李义带来的毛毯，肚子中凉气也被毛毯的温暖和炕热驱散，我下炕小解，手中的手电筒发出光划破包裹着上圈的夜幕。

在我走进上圈之前，我就问自己，去那里你能为他们做些什么？这种自问虽然没有确切的答案，但在参加这次活动中，亲历了大家在学校给孩子发放学习用品，让自己的儿女和上圈的孩子交朋友以及他们义务给孩子们讲诗，授课的义举，探讨文艺大道的行径的触须已经穿越我的双眼触摸内心。我愿随行！

风起后半夜，飒然而至。

风声像走向上圈的脚步声的尾音，接着我倾听到了一场美奂绝伦的自然口技：有杨柳摇曳，有山呼海啸，有催古拉朽的倒塌，有万双之手的抚摸，有……

我无法知道这风来自何方？但我断定，这样的风声在上圈是绝无仅有的，在我的人生长途中是不期而遇的。

在静心倾听中，我仿佛听到镶嵌在西海固大山深处小山村的心律，倾听到心与心靠拢的密语，倾听到移民们走出山外庆祝红红火火日子的鞭炮声……

这天晚上，我第一次失眠！

千年的坚守

在我的内心深处，坐落于宁夏青铜峡市南20余里黄河西岸峡口山东坡上的一百零八塔就是一首散溢着淡定气息，沉淀在时光岸边的一首启迪人生心智的禅诗。这样的诗行依山而就，按奇数有序排成12行，象形三角的巨大塔群中潜藏着怎样的秘密，隐遁着怎样的故事？怀着这样的疑问，我在游历的计划中坚定的列入青铜峡这个名字。在择机而动的日子里，我上网百度出这个名字形成的地理空间中的名胜古迹。

我是在2013年回族重大节日"古尔邦节"放假的当天和几位文友携家带口，组成一个自驾团队，在黄叶蹁跹，秋风吟唱的氛围中抵达这里的。

一路阳光，一路风景，一路概叹负载着对那片地域的神往。在苍凉的夜色中，期待的黄河楼如此真实地靓丽了我的心情。

事先相约的文友青铜峡市文联主席丁洪山先生早已虚席以待，盛情中流淌着人间的暖意。第二天，他放弃繁忙的家室装修，引导我们前往计划中的景点。参观完水利博物馆，古渠、古镇的风韵入心发酵中，我们又来到誉为

"长峡锁喉，水电之祖"的拦河坝上，面对如此壮观的水利枢纽工程，兴奋中同行的朋友李方捡起一块落满岁月风尘的石块掷向河坝中，激起的浪花如绚丽的烟花……

不同的心境，便有不同的嗜好，因为以家为单元，随行中的孩子喜欢上捡拾那些历经历练的石子，我鼓励他们，原因是我们有共同的嗜好。他们虽不懂得"岁月啮群生，片石存灵迹。对此慨晨夕，沧桑现眼底"（王充闾《石上精灵》）的含义，但面对他们捡拾的一粒粒石子，它使我想起英国诗人布莱克的诗句："一颗沙里看出一个世界，一朵野花里现出一个天堂。把无限放在手掌上，永恒在一刹那里收藏。"

调转车头，当梦中的景象与眼前的一百零八塔吻合后，我的第一感觉告诉自己：这是一百零八个灵魂的坚守。

当然，一百零八这个数字与佛教有关，我等学识才浅，说不出道道行行，于是只好在秋日柔柔的阳光触摸那些和青海的塔尔寺身姿一致的塔群时，我以无比的虔诚敬香躬拜，那一刻将心中的感念和敬仰化作六字真言"唵嘛呢叭咪吽"。

事实上，在繁忙的工作之余，我总觉得人生应该挤出那么几天时间放纵一下。放纵有许多种选择，我以为最理想的当属游山玩水。

古人都说："智者乐水，仁者乐山。"这其中蕴含着人生的境界。常常从遥远的地方归来，最为直接的感受是：出游不在走多远，而在于心情和同游者的默契。经历了就会明白，人间美景大都藏匿心间。只要心无旁骛、毫无负累地去感受大自然的气息，让思绪脱离俗世的羁绊，畅游想要畅游的地方，这般的出游其实才是最佳的境地。

我们来到一百零八塔前，目睹到此一游的人们一边攀登，一边点数塔数，他们和我们一样，常常在点来点去之间忘却以前，于是只好选择重新开始。这样的重复中便有了无限的趣味，就像当年马鸿逵来这里一样。

故事说："当初宁夏军阀马鸿逵有天生发巡游辖地的念头，部下会意，便兴师动众安排其到青铜峡境内的一百零八塔，来后，他被视野中的整齐划一的塔群吸引，心境所致，他想亲自弄清塔的确切数目。在部下的簇拥下，他先自下而上点数，得出的结论是一百零七，而后又自上而下点数，结果得出一百零九。这一上一下的数据令他纳闷。此时，他已汗淋夹背，双腿发酸，命令随同兵士每人抱定一座塔，兵士听命。完毕，再命令抱塔的兵士列队报数，这才得出一百零八这个准确的结论。"在听丁主席学者般的解说中，我的思绪穿越时光，用心审视这一百零八座喇嘛式的实心砖塔时，我的大脑中显现出"觉迷一心光，人生本无常，看破谁为我，苦乐任由尝"的禅语。

客观地说，这次呼朋唤友，携家带口来这里，真正的缘由是想让一颗负重的心松弛、闲适，远离身边的浮躁喧哗。但我也知道举国上下的假日里大小景区人满为患，多数都是"上车睡觉，下车拍照，回家一问啥也不知道"的情景。我，更准确地说是我们不想重复这样的模式，这便有了同游者个个留心，时时事事的记录。但我想最文化的出游当是留心收集资料之际全身心的投入领略一方水土之上的民俗风情。当然，想考证历史、考察地理、著书立说未尝不可。然而，这等高雅之事我以为是那些真正的学者所为，而非我等散心的闲人之举。但话又说回来，选择一次游历，我们不妨学学司马迁、徐霞客等古贤的精神，他们那个时代，徒步游历祖国疆域中的山水，风餐露宿，不畏艰险，这当是怀着怎样的理想和信念？难怪他们能有巨大的成就而名留千古。他们"从浮躁走向稳重，从浅薄走向高尚"，如此风雨人生的游历怎不震撼人心？

这样的对比学习中恍然明白：能吸引人类融入自然的其实已超越了一山一水，一草一木，出游时我们更多时候是想找到与天地进行心灵互语的途径。我们欢歌，我们高呼，我们赞叹无疑是想听到天地的回音。就像我们亲近这一百零八塔时听到的声音：坚守！或许就是这样的坚守才避免了诸多的黄河水患，成就了这方土地的丰饶肥沃，才成全了这方水土之上万物的欣欣向荣……

如此的一次游历，使我坚信许许多多的风景其实都是你我的心境，这种心境带着个体的秘密和情感。从青铜峡归来，我常常无端的在西海固一隅，向风霜雪雨中坚守在峡口山坡上的一百零八塔投去我敬仰的目光，常常毫无缘由的合双手于胸前，向生活在那里的人民祝福祈愿……

在上圈的三天两夜

从内心而言，如果不是这次活动选择在这里举行，我今生或许不会来到这里。但这绝非官僚，原因是一个人一生绝不可能亲历祖国山河的每一处。

我没有探究这次活动前因与西吉被命名为"文学之乡"有关或者说与相关的文字触动有关，在我听到一个名叫牛红旗，时常在西海固大地上行走的人说有一帮北京的大家要来这里体验生活时，我的心中生发也能加入其中的渴望，而这种渴望因一个人的到来有了实现的可能，这个人就是摄影界大名鼎鼎的王征。

2012 年 11 月的一天下午，我乘坐牛红旗的车在须弥山高速公路口接站，和王征一道去西吉县文联主席郭宁推荐的活动点上圈实地考察。事先看过王征的摄影作品，他和石舒清合作过一把，那本《西海固的事情》中的摄影作品就出自他手。接站后，十分简洁的握手介绍后，我们踏上去上圈的路。过须弥山，到李俊，向左拐沿一条平仄崎岖的路穿越途中的村落庄院，下河道直抵目的地。

这是一处嵌居在大山中的自然村，深入后才知道这是一个即将搬迁完毕的生态移民村，其间大部分村民已移居山外。在村口，我们遇见几位村民，和他们攀谈了解了一下村子大致情况后，我们匆忙而随意地转悠了大约两个时辰，到坐落在山坡上的学校，山间的清真寺和山道旁的村民家中。从王征老师手中"嚓！嚓！嚓！"的照相机发出的声音和他被这座小山村的景致所吸引的神态里，我确定，这里将会迎来一场前世与今生的约定。

原本想请王征老师去固原食宿，他很坚决地说要赶回同心，还有事要办，也就没有挽留。从上圈出来，一路风雪，但内心收藏了诸多的感动和敬仰……

2012年12月14日的白天黑夜

知道活动的日期后，便期待这一天赶快到来。在期待中，想象着几位大家的形象：陈小波、臧策、刘苗苗、巫昂、王妍峰、宫明月等，开始谋划自己以怎样姿态面对。因为在和王征老师第二次交谈中，我感到这次活动的非常意义。文学与影像的"本体"探讨。虽然这么多年我也涉猎文学，喜欢摄影，但没能抵达这两种艺术的核心，为此，我常常感到惶恐。

接到红旗的电话后，我拎上相机到约定的地点上车。

那是周五，到达上圈时已是下午，下车后我看到参加活动的宾客和村口迎接的村民、小学生集结成的热闹场面。上圈教学点的小学生也撑着一面小红旗，他们像举行盛大节日庆典一样穿戴一新。就这种迎接场面所散射出的淳朴、真诚、热情像一双双温暖的手，触摸出在场者的感动。简洁而又隆重的欢迎仪式结束后，由西吉县文联主席郭宁和著名摄影家王征安排40多人到农户家里住宿，我和牛红旗选择到坐落在沟那边半山腰上的一个名叫马左山的家里。我俩下坡过沟，顺着崎岖盘绕的小径来到他家，主人显得十分热情。他们以节日的礼遇招待我们，丰盛的晚餐或许是他们长时间节俭出的成果，我的内心有些不安，我问自己这是不是扰民的行为？然而，这种久居城市染上肤浅应酬的虚伪不安，顷刻被来自大山深处的厚道安顿下来。

晚饭后，我们到山对面拜见了入住农户的陈小波、臧策、王征、刘苗苗、巫昂、王妍峰和甘肃、陕西等地的摄影家。临行前，主人将一把手电筒递给我说：晚上路不好走，回来时照照亮。我心头一热，接过手电筒赶忙转身拭去将要夺眶而出的泪。

在和几位早知大名，从遥远的都市前来这里体验、探讨艺术的人物零距离的接触后，他们给我留下了终生难忘的印象。

陈小波：博爱、睿智，能驾驭自己的目光从平凡中发现美。

臧　策：博学、率性，极像一位胸有成竹的解剖大师。

王研峰：内敛、敏锐，神性的母爱和天性的进取集于一身。

刘苗苗：激情、风尘，职业习惯与生活相伴而行。

巫　昂：诗意、果敢，不甘平庸的心态激活创造新意象的思维。

……

要说的人还很多，恕不一一笔墨。他们都是我人生之旅中的良师益友。

下午和我同住的红旗因有事驾车回家，加之下沟上山的艰难，这天夜里，我和李义住在马文有邻居家的小卖部。那天我因在家里暴食了妻子做的荞面条条，来到上圈后吸了凉风，肚子特涨。在家乡，每每遇到这种情况，热炕便是解涨的良药。所以，我一进房子，就脱鞋上炕，李义将他携带的毛毯让给我盖，他和主人共盖一床被子。深夜，昏黄的灯光下，李义采访这位和我年龄相当的村民，他所道出的生存之艰辛像一苗苗针刺扎着我。就这样，一盘被羊粪煨热的土炕承载着3位不同经历和境遇的男人，交流搬迁，交流创业，交流对人生的认知。

不知是缘分所使，还是上苍所施。半夜里风声呼啸，仿佛洪水咆哮，结伴而来的坍塌的声音使这座本该沉静的山村顷刻喧哗不安。在肚子中凉气渐渐被炕热消解后，我倾听风声，倾听这座小山村的心律，倾听来自山外体验着和村民们心与心靠拢的密语……

2012年12月15日的白天黑夜

这天早晨，我早早起来，洗刷完毕，拿起相机出门，很随意地拍了一些有关上圈的照片后，再次走进马文有家和郭宁主席、刘德飞、袁志学寒暄了一会儿，交流了一下走进上圈的心得之后，随陈小波、王研峰老师一起去臧策老师的住宿处，还没走到他入住的村民家，就遇到臧策老师，停留在山坡处闲谈了一阵子，回到马文有家美食主人精心炮制的早餐。接着大家以文学、摄影为主题进行座谈。座谈气氛异常温馨，心生"听君一席话，胜读十年书"的感慨。

下午所有参与上圈文学与影像跨界的活动的人员集中到上圈的教学点，举行互动活动。陈小波、臧策、刘苗苗等都围绕爱传道、授业、解惑。巫昂以诗歌"我亲爱的"为例，她把自己创作出好的诗"我亲爱的"写在黑板上，领读了几遍后，叫学生走上讲台去读，从中感受诗歌的魅力。北京、广州等的作家、摄影家为孩子从遥远的地方带来铅笔、橡皮、作业本、铅笔盒等，在课堂上现场发放。教室内外站满了人，给这座乡村教学点增添了别样的风景。最后西吉文联主席郭宁在黑板上写下"为什么我们眼睛里含着泪水，因为我们深深爱着这片土地"的那一刻，所有参与活动的人无不热泪盈眶。

晚上40多人齐聚马文有家，炕上、炕下，屋里屋外各具姿态的人们开始欣赏摄影作品。陈老师、臧老师、王老师等大家盘腿坐在土炕上，利用幻影机和笔记本电脑链接，将摄影投影在白色的墙面上供大家欣赏，并且对摄影师和村民在上圈拍摄的作品进行了解读。其间，马文有家的女主人端上来一大盘煮熟的土豆。就着土豆谈摄影、谈文学这和上圈构成怎样一道景观？我想这道景观定会像彩虹一样引世人注目。

剖析影像中，《看天下》的记者王潇潇，提到新闻图片要饱满，拍摄要近、自然；王妍峰讲了摄影作品需要有触动和感动，需要表达和表现，并且需要真实、真诚、关注自己、关注心灵，说着说着泪流满面；刘苗苗，泪洒土炕，说艺术需要保持贞操；王征讲述了父母生前的故事。他说自己去西吉县震湖一个村庄，有人向他打听王瑞刚，并且问起王瑞刚的夫人，知道他们去哪了吗？王征说这个人我听说过。他说在和乡亲们进一步交谈中，他听到了这个曾经关于父亲的故事。乡亲们说，当年他们村有饿死了的 17 人，王瑞刚当时为了救老百姓的命，违反政策放粮救了全村人的命，结果王瑞刚犯了错误……说着说着语不成声，在场人员被这种氛围感染，有人哽咽，有人拭泪；藏策讲到我们这次活动非常干净，没有任何功利性，真传一句话：人需要清空，爱不能缺失……在畅谈的浓郁气场中，郭宁拿起携带来的葫芦丝为大家即兴演奏了一曲《月光下的凤尾竹》……

从马文有家出来已是午夜时分，夜色将上圈包裹得严严实实，若在平日，这种严实肯定会持续到黎明，持续到被鸡鸣撕裂。然而，今夜不同，今夜的严实却被几束手电筒射出的光亮和光中找路的询问声、上路的脚步声解开。回到我们的住宿处，主人被惊醒下炕开门，火炉上的铁盘里盛着精爽的荞面长面……

2012年12月16日白天

这天早晨，我比以往起得早，起来后发现主人早已下炕出门给羊儿拌草料。我用相机记录了上圈村清晨的律动，这种律动散射着坚守、希望、勤劳、信心。

早晨 9 点，所有参加文学与影像跨界活动的参与者，上圈村的男女老少集聚马文有家，大家都知道有几位远道而来的人因事要提前离开这里。屋里屋外站满了人。新华社图片编辑陈小波，天津人民文学编审、影像理论批评家藏策，著名电影导演刘苗苗，中国摄影家协会组联部副主任王研峰，自由出版人宫明月，《看天下》杂志记者王潇潇，依次和大家握手告别，弯曲的小道上他们前行的身影牵引着众多的目光。行走到了一个路的拐弯处，我、郭宁等吟唱起那首"走了、走了、走远了、心理难肠种下了"的花儿……

送走陈小波、臧策等大家后，我们继续着上圈村的体验。

十分遗憾的是这天下午，在夕阳余晖和上圈村飘起的炊烟相溶中，我和红旗也离开了这里，自此，在上圈的三天两夜的体验收藏进我的内心，许许多多的人事掺和着时光开始发酵，通过这次活动所补充的正能量促使我俯首向前……

转　悠

一

久坐办公室或蜗居家中，两点一线的生活串联起的无外乎看书、读报、上网、喝茶、看电视，可是，书有看倦的时候，电视节目乏味引不起观看的兴趣，网上挂的时间长了也觉得没意思，但一下停止这些活动，便陷入沉沉的孤独之中，久而久之，亦会从内心生发出难以排遣的幻灭感来。好在我这样的时日并不多，原因是工作之余常常一个人或应朋友之邀到喧嚣的城市之外转悠。

在故乡西海固的方言里，把转悠表述为乱传。一般情况下，乱转是指一个人闲来无事时走出户外，没有计划、目的，也没有固定秩序的东逛西游。

转悠之于一个生活在西海固这片土地上的人会遇到很多变数，例如，我出去转悠时遇上一位认识的和我一样转悠的，他或者我会先开口搭话：不再家里待着，出来乱转啥呢？他或者我会回答：待在家里闷得慌，出来乱转转。这样的问答简洁明了。如果其中有谁有意喝酒或耍牌，这就为有意者提供了相邀一起玩耍的充足理由。当然，这样的相遇在大多数乱转者心中会产生旅途遇知音般的惊喜和兴奋。相对而言，我是一个不太爱出门乱转的人，这与我的成长环境有关。在我家乡父老乡亲的朴素认知中，通常把爱乱转的人定位成小三。他们认为这样的人难成大事，都是些惹是生非的混混。我从小受到这样的教育，在村里我是一个被村民地头路尾遇到后高看一眼的好孩子。这种无事可做时绝不出门乱转的约束直到我进城生活后才得以松解。

事实上，进城后平日的工作比在乡下节奏快多了。从周一到周五，全身的法条都上得很紧，下班后回到家中常常感到精力近乎透支。这样的时段里，内心从来不会冒出乱转的芽芽；这样的时段里，最多是和妻子在饭后沿城市坚硬的水泥路散散步。之于乱转和散步我认为是有很大区别的。我以为散步是小资茶余饭后彰显优越的一种形式兼带强身健体的目的，乱转纯属放松自我。在我所接触的人群中，多数乱转者是想通过这种形式消磨被无聊的时光束缚出的寂寞。也有和我一样的出门乱转者，我们的共同点是绝非打发无聊的时光或者说无所事事地乱转。我们的乱转表面上看也好像是无聊至极，其深层次是在探寻一条通向"天人合一"之境的大道。别嗤之以鼻我是在为我的乱转找理由，或者说故弄玄虚，自恃清高。我觉得还是巴士加尔说得好："一个人越是有思想，越是能发现人群中卓尔不凡的情调；一般人是分辨不出人与人之间的差异的。"也正是此种差异，决定了一个人幸福的深度和生命的厚度。

二

我居住的城市不大，但在祖国的版图上却占据着独特的地理位置。

历史上这座小城以西北边防重镇著称。以它为结点，北通瀚海，南连秦川，西接河西、西域，东达泾州、长安，是关中通往河西走廊、大漠南北的交通枢纽和战略要地。自古以来，以其"中华襟带、关中屏障""左控五原，右带兰会，咽喉灵武"而闻名遐迩。其间，有清水河潺潺流水和丝绸之路如缠绵的飘带纵贯南北。

史载，早在3万年前的旧石器时代，就有人类在这块黄土地上繁衍生息。被岁月烟雨浸润沉积下来的文化符号遍及山野田园。

城东，高耸的东岳山，曾给世人留下"东岳烟岚"的美景；西边，碧波荡漾的西海子，以其俊秀妩媚吸引天下游客；北面，长龙般的战国秦长城用坚硬的骨骼抵挡着猎猎西风；南面，有巍巍六盘和萧关雄姿封存着秦皇汉武和无数风流人物的跌宕豪气……

三

与一个人的个性有关。

爱转悠和不爱转悠深层次取决一个人的性格。然而，在现实生活中，我深知作为一个个体的人，他的属性范畴首先是社会动物，一切的社会活动一般都会或多或少的与个人发生某种联系，古人就有"城门失火殃及池鱼"的说法。由于属性使然，一个人的成长就不可能完全脱离社会。选择乱转，其实也没有什么对错，只是依照个人的嗜好选择了一点点独立生活的空间罢了，但这种行为常常会遭到他人的非议，这是后话。

因为惧怕和朋友一起乱转时遭到闲言碎语的诽谤，也就有了一个人转悠的轻松。

周末或一旦有了充裕的闲暇时光，我便索性由了自己的性子，谁也不约，甚至给妻子或家人连招呼都不打，孑然一身出门去，晃晃悠悠随心转。

这样的大好时光多在周六或者假日的某个下午。踩着午后的阳光或者积雪或者落叶或者花香一路晃悠下去，什么也不想。遇到爱看之景物，便也像似捡到了宝贝，心中窃喜。于是，山野小草的摇曳，路边无名花朵的绽放，天空荡漾的鸽哨，眼前匆忙的蚂蚁都会欣然在我的心空刮起一阵惊艳的风。

四

"转悠"如果依照汉语字典中的词条解释来判断,本无褒贬色彩,但在我的情感中,这是一个让我生发联想、蕴含诗意的好词。

在单调的生活中,我有过手牵一位身着粉红色连衣裙的恋人在黄昏的林荫道上,踩着一闪一闪的光斑转悠的念头,也有过和红颜知己在微风细雨中转悠着欣赏湖畔柳丝、湖中涟漪的冲动……这样的念头和冲动构筑的情景中,转悠仿佛一双纤纤红酥手,让我心旌旗摇。但就这个词所连带出的不仅仅是上述的浪漫,也有它阴险的一面。现实生活中大凡在行政机关工作的人,一旦有人认为你在上班时间到处转悠,这个人无权则罢,如果掌握了一定的权力,你的形象会因这一词的定位而受影响。我听到过一位老领导对他的一位拟提升的部下很无奈地说:"你闲得没事不在办公室喝茶、看报、上网,到处转悠个啥,常委会上几个常委都说你坐不住,爱转悠,这次过不去,你就一个劲儿地转悠去!"

因此,要想尽情享受转悠之韵味,最好在属于自己的时空里。只有这样,乱转也好,转悠也罢,才能用心体味出春花秋月、阴阳时序中蕴藏的人生况味,真正能体味到放松了各种无形绳索的束缚,也算是生活中的一件幸事。

五

我所居住的小区 6 年前还是一片荒草杂生人迹稀少的郊区,行政区划上隶属西郊乡辖区。6 年后原有的物象已荡然无存,拔地而起的是城市的庄稼——高楼,白天黑夜都能听到高楼拔节的声音。现在这里已成为这座城市的中心地带,小区外一条东西走向,宽 4 车道,两侧配设绿化带、人行道的长街将城区隔离成南北两大块,街道两旁店部林立,一端连接东岳山,一端连接古雁岭。

东岳山是我转悠时多次到过的一处地方，位于原州城东 2 千米处。传说道教传人广成子在此修行悟道后云游到崆峒山广传道法去了。

我在固原师范读书时，学校每年初冬都会以此山为目的地举办登山比赛，也组织学生在山上植树造林。退耕还林政策出台实施后，一度命若一线的清水河受其恩泽渐次丰满，再度焕发青春，但依然默默无闻的在东岳山脚下奉献着滋润万物的本真。宽阔的河道在高人的谋略下已打造成一座靓丽的水上公园。霞光晚照中的公园中，转悠的人影描绘出一幅和谐惬意的水墨画。

山上佛教寺院、道教庙宇错落有序。玉皇、达摩、韦陀、如来诸殿和孟公生祠庄严肃穆，古韵流风。南折有碧云洞，祀孙真人。下有石坊，题曰"宏开觉路"，又曰"引伸有籍"，其严势尊峻，遥而望之，如金钟悬钮，巍然卓然。该山树木森森，尤其秋来，月色横空，风景清朗，游人观之，心旷神怡。自从修造东岳大帝的神祠后，此山就改名为东岳山，成为固原的一座文化名山。根据历史记载和老年人的回忆，到清代末，这里已是"九台十八院，七十二座大殿"的宏大建筑群，闻名西北。据民国《固原县志》记载，唐代大臣、著名书法家褚遂良也亲笔为东岳山书写了"转轮殿"（阎罗殿）碑文。

山间耸立着一座建于明代的五龙碑，碑身用青砖砌成，高 5.4 米，宽 9 米，基座厚 2 米，由壁面、壁座和壁顶组成。碑正面用 160 块方砖拼成"鱼龙游戏图"，五条飞龙腾空而起，嬉戏火珠，伸爪吐雾，隐现于烟云之中；鲤鱼跃出水面，腾空飞转，似与游人相乐；波涛汹涌，松石相映，妙趣横生，一幅升平景象。底部惟妙惟肖的十二生肖图使整个碑身结为一体，体现了艺术家的巧妙构思和雕刻艺术的精湛。

值得一提的是入山门牌坊后，映入游客眼帘中的是孔子大殿和立于大殿前的一尊孔子像。这座大殿和造像都是当地的文化人发起，通过民间集资的方式修建而成的。这样一来，儒释道以东岳山为载体，浓墨重彩地写意着固原的内涵。

登上山巅的"铁绳岭"，站在无量殿西侧，固原全貌一览无余，赏心悦目处，会情不自禁地高呼、赞叹！感慨如浪涛汹涌……

六

老城的大街小巷最爱看的其实还是人，行色匆匆也好，闲散安逸也罢，审视中就会发现那百态千眉间荡漾出不同的价值取向和幸福指数。

而人当中，尤为耐看的是街边巷旁棋滩上的一个个老人。他们活得像一棵棵历经风霜雪雨的老槐树，深邃、沉静。交错从横的皱纹中不知深藏着怎样的故事。看他们一招一式稳健和不愠不火，焦躁的内心可以迅速平静。遍布城市的巷子中还有许多做小生意为生的人，巷子像是城市的毛细血管，向城市的心脏输送着鲜活的血液。打量那些修车补胎的、理发的、卖旧书陈报、香裱纸火的、配钥匙、占卜算卦的……心湖总会被什么荡起涟漪。我转悠时或驻足细看，或静立倾听，都会获得意外的惊喜。听他们不同的方言口音，诉说生活中事情，一个下午，又一个下午就这样很不耐实的就被消磨。

有时我会和妻子驾车到距城较远的西海子。这虽然脱离了一个人乱转的核心，但自己也不知道要到那里去干什么？一路走去，也就随心了。去了看到的是一泓水的存在姿态，间或被什么触动，也会有泪盈满眼眶。想起父亲生前徒步近百千米来到这里求过神水，目的是为儿女医治百病。后来我知道他和许多的乡亲一样，虔诚地跪在传说中一条灵蛇出没后有神水流出的一个洞穴处，将他认定是神水的泉水灌入一个玻璃瓶中请回。或许就是因此水的滋养和治疗，凡饮用过的人一个个长大。面对生活中的艰难，他们信念不灭，心怀感恩，造福社会。

七

　　在不同季节或不同时间，我转悠着、转悠着，就转悠到古雁岭，我敢肯定地说，我绝非无聊才转悠。

　　古雁岭是我生存的这座城市的绿肺。之所以这样比方，是因为地处城市中心的这座小山丘历经几代人的不懈努力，这里几乎达到了树木全覆盖。无私的绿色植物将城市中的废气转化成干净的氧气，净化着这座城市的空气。可以自豪地说，我也在这座小山丘上栽植过松树、杏树、刺槐、垂柳等。每每看到它们郁郁葱葱，我的内心就会滋生无限的荣耀。曾经在干旱缺雨时，我转悠到此，用自己的尿水缓解过几棵树的饥渴。我深知一个人的尿水如果洒在城市被水泥覆盖的任何地方都是不文明的，但之于古雁岭上的野菊和柠条、树木，在五行缺水的干旱时节，这泡尿无疑就是雨露，是脱离了低级、庸俗、虚伪文明的雨露。

　　随着城市发展，数条宽阔的道路将古雁岭切断，直通新区。有时我就会沿着这些道路转悠到新区。抵达新区后，有一种恍然来到世外桃源的感觉。新区道路纵横交错，高楼参天耸立，俨然沿海城市的风范。变化之快，令人慨叹！

　　我也毫无缘由地多次转悠到城市北边的长城梁，目睹沿长城梁逶迤而去的战国秦长城，仿佛远古的金戈铁马、狼烟烽火夯筑起了一座守卫的铮铮风骨。立于一处烽火台上远眺，任秋风起兮，衰草吟歌，怀想"怒发冲冠，凭栏处、潇潇雨歇。抬望眼、仰天长啸，壮怀激烈。三十功名尘与土，八千里路云和月。莫等闲，白了少年头，空悲切。　　靖康耻，犹未雪。臣子恨，何时灭。驾长车，踏破贺兰山缺。壮志饥餐胡虏肉，笑谈渴饮匈奴血。待从头，收拾旧山河，朝天阙"（岳飞《满江红》）。字里行间流淌的浩然正气和英雄气概。

　　就这样，喜欢上了这里跌宕起伏的长城风韵，喜欢上了凄凄蒿草生生灭灭，喜欢上了烽火台上新的脚印痕迹，喜欢上了风吹落叶如灵魂漫无目的地转悠……

一位朋友设想在这里构建起以战国秦长城为文化元素的长城遗址公园，想让更多的人来这里放牧灵魂，想让热爱生活的男女老少转悠到这里感受汉雨秦风，通过一块残缺的秦砖汉瓦的脉搏洞穿人生。

八

我也曾转悠到城南，不是想寻宝，也不是想凭吊。人们早就知道有许多不同时代的墓葬。固原博物馆中陈设的好多文物就是从这里发现的。遗憾的是小城和其他城市一样，存在着过度开发的时代病。

我在十几年前的一个下午踩着灼热的阳光，身披飞扬的尘埃转悠到这里，目睹清理出的墓葬群，虽然许多墓室遭遇过盗墓贼的打劫，但气势犹存。还有多座唐墓、宋墓、元墓等。它们迥异的风格在那个下午被我大饱眼福后永远地消失。

个性使然，长久以来，在工作之余的闲暇时光中，我形成了独自转悠的习惯。我不是不想和朋友一起转悠，我是怕他们受到意外的牵连。在视工作为生命的人眼中，在商海搏击者的心中，转悠是在浪费时间，是挥霍生命，是无聊之极的行为，然而，从我的认识而言，转悠是晾晒生命的一种形式。我以为，人就是一颗特殊的种子，不晾晒就会发霉变质。人不同植物种子的是，人是种在时空当中的，地气是雨露阳光。当然，人最终会种入土地，这样的时候，这颗种子就再也不会发芽。

转悠，在我有限的生命里，我会在有效的时间里打理好工作、学习，闲暇时，我不怕闲言碎语，恶语中伤，依然选择某天早晨或下午到大自然中去转悠……

九

五彩缤纷的生活，五彩缤纷的人生。

转悠中，我用心感知，用心倾听，然后将从自然界中捕捉到的气息、姿态、形象酿成照亮我路途之灯的燃料。

在我人生的某个静夜，我掂量着"拿得起、放得下"这句话的分量，忽然就想起家乡那位干瘦的老头子。他时常在各个村庄转悠，作活口（牛羊）论斤断两买卖生意。干瘦的老头尽然能将重他几倍重量的小牛或羊只抱起掂量后放下，然后和主人依斤两讨价还价，这样的买卖十有八九都会成交。

某年某月某日的下午，他转悠到我们村，恰好有一位青年男子要将一只喂养得肥硕壮实的羯羊卖了用钱。要卖的羊很是打眼，老头子跟小伙子交谈，提到羊的重量，小伙口出戏言，没有称，你肯定抱不动。老头子被这话刺激，就跟小伙子打赌，找来证人谈好抱起、抱不起的价钱，结果老头子赢了并报出羊只的重量。小伙不信，找来称一称，分两不差。可见，"人不可貌相，海水不可斗量"是有渊源的，这是多年修炼的功力与现实中的实力的对话。

也见过在工作岗位上"拿得起"的风云人物，可是从工作岗位退下后却犯了放不下的错。整日足不出户，郁郁寡欢，关闭了连接自然的穴位，结果导致生命系统紊乱，有苦难言。

转悠或许就是放下的最高境界。

我被在西海固大地上转悠的一位兄长感动，他将众人羡慕的生意放下，以自我流放的心态到处转悠。

一眼废弃的窑洞，一段颓废的土墙，一座栉风沐雨的城堡……在他的眼中充满诗意。

转悠着，转悠着，他就转出一部近 40 万字，图文诗并举的《失守的城堡》来。我的内心深处时常被他极为朴素的责任意识触痛，我也不只一次拷问自己，面对大地之上即将消失的物象或者说因人类的残暴而濒临灭绝的生物，自己有过醒悟吗？我愧疚难言。这位名为红旗的兄长还在不停地转悠，我相信他一定会转悠出令世人震撼的东西来……

他的行为使我想起了这样的文字："文学的确不是世俗生活中的上班。作家必须有另一种工作方式——作家也许需要一点流浪汉的情怀。在这一情怀之下，生活之此之彼可在瞬间里互换，价值之是之非可在明灭中互照……"

十

绝非无聊的转悠中，我捡拾到了许多惊喜。秦砖汉瓦的残片，唐宗宋祖遗留下的风物，无一不令我心潮澎湃。

有时，我会选择在太阳将要落山的时候，转悠到城乡接合部的小山冈上，欣赏田野、山间飘散的那种静谧和安详的气息。

手心攥着从土层中抠出的瓦砾或陶片，在静谧、安详的气场中感受瓦砾或陶片储藏的温暖，感受时代变迁中的信息，想象曾经这方土地上发生的故事……

慢慢地，暮色包裹村庄，漫过田野中的庄稼，黄昏的色彩纷落无声。视野中，一匹白马或一头紫色犍牛沿着田埂吃草。它们以低头的姿势沉默、安详、幸福地穿越沉重的日子。那一刻，我恍然觉得那匹马或者那头牛就是铺洒在村庄中的阳光、月光。在无数次转悠归来的梦中，我听到炸响而清脆的鞭哨声，猛然惊醒后，感到灵魂负载一颗良心，在金色的远方转悠……

时光深处地绵延

当我一次次在季节的变换中站在战国秦长城高耸的烽火台上，远望如龙形一样逶迤的群山和白花花阳光下那无际的苍茫时，我就会被眼前用黄土夯筑起的墙体震撼。它的确是中华大地上的奇迹，这样的奇迹环绕固原，究其原因与固原所处地理位置有很大关系。史料中这样表述：固原，古称大原、高平、萧关、原州，简称"固"，位于宁夏回族自治区南部，公元前114年建城，丝绸之路必经之地，明代九边重镇之一。"左控五原，右带兰会，黄流绕北，崆峒阻南，据八郡之肩背，绾三镇之要膂""回中道路险，萧关烽堠多"，是历代兵家必争之地。事实上，这里自古以来就是内接中原、西通西域、北连大漠，各民族南来北往交汇频繁的地区。从地表特征看，是由南部暖温带高原地带向中部中温带荒漠地带依次排列，从南向北表现出由流水地貌向风蚀地貌过渡的特征。这种地理上的差异也体现到了民族及其文化的差异中。宁夏南部是暖湿带高原和中温带半荒漠气候的交界，同时也是农耕文明和游牧文明的交界，是中原农耕文明的边缘，是农耕民族和游牧民族的必争之地。为了有效防御游牧民族的袭扰进犯，中原王朝在它划定的疆域内多次修筑长城，长城遂成为大漠边关的静谧守护者，成为各地边塞文化中最具特色的人文旅游资源。

在我生活的宁夏，素有地上"中国长城博物馆"的美誉，境内现存长城遗迹分布范围广，几乎遍布全区各个市县；时间跨度长，始自战国，历经秦、汉、隋、宋、明等不同历史时期；种类繁多，长城的主墙体、敌台、烽燧、墩台、辅舍、关隘等一应俱全，还有"品"字形窖、壕堑、挡马塞等类别建筑形式多样，因地制宜，采用黄土夯筑、砂石混筑、石块垒砌、劈山就险、自然山险、深沟高垒等多种形式；遗存丰富，有战国秦长城、隋长城、宋壕堑、西长城、旧北长城、北长城、陶乐长堤、头道边、二道边、固原内边等，专家实地调查，可见墙体1000多千米，辅助设施2000多个。可以说，古代长城遗迹是宁夏境内体系最健全、规模最宏大的文化遗产。

在我无数次目睹固原境内的战国秦长城的时候，时间忽然展示了它蚕食与雕刻的力度，沿着山势起伏腾跃的城墙，已经严重风化，到处是不堪重负的断裂、坍塌，以及烽燧与地面倾斜角度不等的碎石、泥土坡面。它的确早已成为岁月的遗迹。也许，残缺、颓败、荒废、倾圮、苍凉这样的存在会对人生有所启示，这样的形态才应该是它呈献给世人的样子。

一座穿越岁月的长城将留待时光进一步侵蚀、风化。它的命运无法预测，就像许多的古建筑一样，在人类的欲望中夷为平地，崛起的是用水泥构筑的高楼大厦。用手抚摸斑驳甚至表层酥软的黄土，仰望头顶上空自在漂浮的流云，我思维漫漶，心无所住。是啊，面对时间，任何事物都是一个逐渐消失的过程。时间划过，在岁月深处留下创口与遗迹。借助双脚，我行走于蜿蜒起伏之上，在完整与残缺、裸露与隐蔽、耸立与凹陷、奔腾与干涸间，进入时空的多维。仿佛看见"时慢尺缩"的"时间扭曲"（爱因斯坦），我想，如果把每一个烽燧看作生命史册的无数个组接点，那一眼望去的无数个重叠，无须借助任何词语复活，尤其站在高空下坍塌的烽燧上，会出现幻觉，目击许多生存过往一并浮现于脑海，就像阻断步道的那些蒿草，那些看似被淹没实际却铭记于心的痛楚，像风中的野菊花被阳光点亮，似无数个瞬间，正翻飞着闪回；眼前茂盛的蒿草，摇曳出诸多无缘的怀想，"往事乾坤在，荒基草木遮。"

对于战国秦长城，我只是以其为人生坐标，在它的面前，我的生命尺度呈现了从未有过的卑微和短小，连毫末都算不上。也许正因此，才令我不自觉地内视到被放大的不堪回忆。一个强大的帝国，没能用这样的墙体守住他的江山，这样看来任何有形的围堵都不会永存，都无法抵御时间的洪流与崩溃的命运。与之相比，倒是许多无形"堤坝"以文化积淀的方式留存下来，启迪无数代人的慢慢苏醒。

在我生活的固原，这里曾经是帝国的一处文明要穴。然而，在当下，我目睹到的是更多败城遗堞，黄土僵尸，但作为一个整体，他们从未缩减"横身为国作长城"（晁补之《复用前韵遣怀呈鲁直唐公成季明略》）"万里长城家，一生唯报国"（韩翃《寄哥舒仆射》）的雄心斗志。在这些浩如烟海的文字中，我看到的是另一座身躯与心灵筑就的长城，它比长城更雄伟、更坚固。那就是人类命运共同体的战略思维，那就是改革开放，那就是"一带一路"。当然，更坚固的"长城"是亿万斯民，即使坚硬的砖石能一次次抵挡进攻的铁骑，也无法抵挡来自内部的民心相悖。"守国之道，惟在修德安民。"

秦长城在中华大地绵延几万里，明长城6700多千米，在宁夏境内千余里，现今看到的长城遗址多半是明长城。如今，它们的"风烛残年"持续地向地下沦陷，骤颓如最后的告别，更在瑟瑟秋风里增添着视野中的苍凉。

作家王川在他的散文中写道："尽管北方的长城被人更形象地喻作'时间的遗骨'，它却依然拥有更庞大、清晰乃至'壮硕'的'骨架'，足以隐藏更多历史故事。体量巨大的夯土书写成这部史书的页码，沉重而斑驳，无人能够翻动。那是数代人用血肉和生命堆砌的见证，用比战争更多的死亡圈起的一道保护帝国安全的'堤坝'，可以保证帝王获得足够的安全感，还可以让寂寞的深宫响彻雷霆震怒或浪声淫笑，且不被觊觎的眼睛与耳朵看见、听到"……

当代西方学者丹尼尔·施瓦茨说："'墙'作为一种建筑要素已成为中华文明的一部分，这在世界上恐怕是绝无仅有的。"卡夫卡和阿尔巴尼亚的伊斯梅尔·卡达莱都写过长城，在他们眼里，浩大的空间距离转化为具体的物质间隔，长城的最初意义仅在于保护帝国安全；而巨大的空间扩展和永恒的时间延伸，则使之成了"人类雄心与野心、欲望与绝望、此在的有限性与存在的无限性的象征"，"建造长城既是帝国绝望的表现，又是反抗绝望的表现，这是一个悖论。"（张德明：卡夫卡的中国想象——解读《中国长城建造时》）任何悖论都有荒诞参与其中，历代长城最终还是被抽空了，它所肩负的使命和帝国愿景，在蒿草攻占厚重的黄土后，被时光开始风化时就已经远去，只有长城内外的无数个村庄，仍繁衍着长城修建者的后人，那是长城建造者们活着的血脉。

之于固原境内的长城，我等享受着它的荣光。人生羁旅，时间可以忽略不计。几百年，甚至更长的时间过去，只有它依然以残破之躯蜿蜒在中国北方的大山之中，像一条腾起的龙脊，以坚硬的外壳抵抗着岁月的磨损，抵抗着风雨的侵蚀。它的身姿依然千变万化，在每一个接近它的人眼中呈现出不同的形象。它提供着无数条进入它的通道和无数个观察它的视角，但即便在一个高处俯视，心里的角度也是仰望，这是长城的奇特之处，因为它总是凌驾于群山之上。

在新冠疫情还没有被人类战胜的时空，在初秋一个周末的黄昏，我再次登临千年的逶迤之上，坐在被无数文人墨客或学者专家留下脚印的烽火台上，寂静在空阔的疆域把时光遗忘。悄然凋零的落叶恍然若梦，月光浸泡寂静，用自己的温情传递来自远方的问候。我沿着一种思绪飞翔。秋风拂过，清冽包裹着秋色。

季节在忧伤中遗忘归路，而远处群山耸立，寻梦的人正在路上。长城内外的景象沉浮在空蒙的秋色里，相互支撑，又在某个夜晚摧毁最后的美丽。

独处在时光深处的逶迤中，不经意的一瞥，仿佛远古烽燧上窸窸窣窣的是丝绸裹着的惊鸿回眸、唇齿间玉翠叮咚。喜欢战国秦长城的黄土在脚下富有弹性，风中凄凄野草荒芜似的摇曳出万种风情；喜欢风吹落叶蝴蝶般飞舞，月光如水一样浸泡村舍、高楼；喜欢在这样的黄昏的气场中，为灵魂的自我建设构筑长城，开辟通道。

审视这条用黄土夯筑起，穿越千年而风骨依然的长城，在经过复杂多诡的转变程序之后，它最终成为一个象征，一个标识，一段谶语；从帝国命运的预言书化作一个壮丽的景观和民族的骄傲，而它背后的朝代那些风雪、疾雨，那些残暴、血腥，早已淡出人们的视野，然而，它留给后人的除了伟岸的风骨，还当有汲取先哲的智慧，用中华优秀文化中大同，夯筑起一座人类文明在时光中绵延的长城……

聚焦慕家沟

当一个镜头、两个镜头、多个镜头聚焦黄土高原腹地一个叫慕家沟的地方时，那里的村民对着镜头所呈现出淳朴与惊喜，坚定了我和一群摄影人深入下去的信心。

和单位班子成员、市摄影家协会主席、副主席商议后，在慕家沟搞一次摄影展就这样确定下来。我突然想起德国艺术家博伊斯曾说过："人人都可以是艺术家。"看到这句话时，最初我不是很能理解和赞同的，觉得能称作艺术家的毕竟是极少数的。随着时光的推移，这句话在这个时代基本上得以实现。其他艺术暂且不说，就摄影而言，在摄影数字化之后，影像作为一种创作和记录的手段，正从象牙塔走向大众，而大众中的个体所拥有自由表达的权力，谁也无权干涉，他们只要用像素越来越高的手机或相机捕捉到天地所呈现出的独特物相，再把这些物相通过各种媒介展示出来，长此以往，他们就会被称为艺术家。因此，在艺术与生活的界限正在深度融合，关系越发密切的当下，摄影比起其他艺术的传播更直接、更快捷、更民生，也能证实博伊斯话的含金量。

从 3 月份开始，一批又一批的摄影人走进慕家沟，他们与这里的村民同吃同住，用镜头记录生活场景、劳作场面，直到 6 月初，从上万幅作品中精选出 200 幅制作。他们的摄影在摄影界以外也在一直进行革命性探索，无论是题材，还是展示形式。就像这次举办"走进田野、走进生活、走进农民"的摄影新概念。其目的就是想打破传统的大美风光拍摄，组织广大的摄影人在他们的作品里自由地搁进微小的欲望，为自己构造事实的图像，描摹内心图景，用他们的发现、表达链接民生。

慕家沟是我的同事郭宁的老家所在地，是西吉县马建乡一个被官方认证的土窝村的一个自然村，在山坡、沟洼分布着 30 余户人家，一座横亘于东面的绵延起伏的山脉和一条名为烂泥河的河沟阻挡着这里的人通往山外世界，交通极为不变，要想到县城去，他们只能绕道几里之外的乡上，再搭乘每天一个班次的班车。他们人老祖辈就生活在五行缺水的宁夏南部山区，食用水是从外面数里地拉运的。

历经数月的深入、再深入，当我们挎着相机一次又一次地走进农家，体味到农民苦而不停、累而不说的坚守时，镜头中的影像所传递出的是直抵内心的关照。我们在向村民传递外面世界信息的同时，把人间的温暖和大爱定格在手与手相握的瞬间，定格在一袋米、一袋面、一壶清油解燃眉之急的五黄六月，于是，慕家沟与生命有关、与生活有关的小狗、小鸡、小鹅和承载重负的耕牛、驴马、羊群以及各种农具就成了影片中的主角，散溢出苍天之下的祥和、宁静。

在筹备影展过程中，我常想，当一种爱好成为一个人或一群人共同奋斗的事业时，会产生怎样的力量？他们翻越大山，穿过烂泥河，面对酷热，亲历冰雹袭击时肯定不会畏惧。

作为主办方之一的固原市文联一直以来都在探索文艺繁荣发展的途径，想让更多的文艺作者深入生活、体验民生，创作出接地气、知疾苦的精品力作是我们义不容辞的责任。在拍摄过程中，我们无论到谁家，都会受到热情的款待，做一顿浆水面，煮几十颗洋芋，吃一碗凉粉，所有食品中都能品出这方水土之上民众的厚道。第二次来村民姚忠武家中时，他刚从山野的田地里回来，满身泥土，面对我们的镜头说："我一个泥腿子有啥好照的，想照你们就照，叫我这泥腿子也上回电视。"晚上住宿在他家上房里，闲谈中他给我们讲述自己的军旅生活，还把珍藏的骑兵眼镜拿出来供我们观赏。

这次影展别具一格，彰显出摄影的无限可能。值得一提的是这次影展的经费来源是一个名叫黄欢庆的摄影者提供的。生活并不富裕的他如此慷慨，内心一定封存着责任、奉献和担当，这看似冠冕堂皇的关键词中，一定发酵着他对故乡的一腔痴情。在经济相对落后的固原，需要更多像他这样的人，涓涓溪流可以汇积成江河，文艺事业发展繁荣也是如此，绝不是一朝一夕就能辉煌的。

2016年6月9日这一天，一群有着共同志向的摄影人，沿着逶迤崎岖的泥土路，向西吉县马建乡慕家沟进发，他们将慕家沟的体验定格在了各自的镜头中，搭建起一座艺术与民生的桥梁。这天是农历端午，如果诗人屈原还在世的话，他一定也会参加并昂首吟唱，"路漫漫其修远兮，吾将上下而求索"……

当那一幅幅凝聚着乡音、乡愁的作品悬挂于慕家沟黄土夯筑的老土墙，撑起一团浓绿的老树和发灰柴草垛上时，从乡亲们和山外来宾的目光中，我感受到了一种磁力，那种磁力穿过喧哗、穿过浮躁之抵内心。那一刻，我想到摄影除了记录功能外，摄影的语言边界还可以延伸……

但愿这只是开始，期待将你我玩世不恭的目光向下，将摄影的语言延伸到农村的各个角落，相信我们都一定会发现意想不到的景象。

笔架山下的灯光

笔架山原本是一列横卧于西吉县城南边，一个名为杨河村村口的无名之山。之所以有了这个名字，与杨河村的一名青年才俊相关，他请退还乡，在自家的老宅地创办了一座书院，命名为文化味很浓的"木兰书院"。在这里他重新格式化了自己，开始想象中的诗意生活。

第一次走进这座书院是 2021 年 7 月 25 日，我带队在这里召开"乡村振兴，我们需要怎样的文学？"主题座谈会。来自宁夏评论家协会、固原市作家协会、评论家协会的评论家、作家、诗人等 20 余人参加座谈会，座谈会在书院二楼国学堂进行。大家结合当前乡村振兴大背景下需要怎样的文学展开讨论，气氛热烈，效果甚好。

之所以把这样的座谈会选择在木兰书院召开，主要原因是书院的文学气场浓，是许多作家、诗人梦想中的远方。它远离城市的喧嚣，镶嵌在交通相对便利的城乡接合部；其二是创办书院的人令人敬佩，他毕业于固原民族师范，论学历不算高，中专。毕业后没当几天教师就转行了。听他说，转行到乡镇。1999 到 2003 年在西吉县偏城乡政府工作，然后调到西吉县人事局，再到固原市政协，再到区政协。一路通畅，令多少人羡慕。在他的履历中有这么一笔：2011 年任宁夏回族自治区政协研究室副主任，2013 年任《华兴时报》副总，2014 年任社长总编。就是这么一位事业上顺风顺水的人竟然选择辞职，这种行为在大众的认知中多数认为患有神经病。我选择避开大众认知，很谨慎地跟他交谈，寻找抵达他内心的途径。留下的第一印象是憨厚；其三是这里相对安全，疫情影响下，在城市举办这样的活动阻力很大，单就租借会场费用就是一个问题，另外，参会人员不好管理。再者这里的伙食接地气，垒一锅锅灶，烧一锅土豆、玉米，就上园子里带露的小葱，或腌制的韭菜、咸萝卜，胜过商品味浓的山珍海味，还能找到童年。既能体验生活，又能享受烟熏火燎的快乐，何乐而不为呢？当然，还有其他缘由，恕不累赘。

之后，在周末或者假期，不定时约文友去书院参观，分享特殊气场中的那份独有的东西。悬挂在通向体验园路径墙壁上用废旧轮胎制作的诗页，成为路标。这种创意不但装点了平整不齐的黄土山坡，还为来者提供品谈的依据。

来书院之人多是些性情中人，无奈受困于市井藩篱，利益、功名的角逐消磨了意志，因而，一腔感悟难以倾诉。有了这方净土，大谈人生得失，拿起，放下，一吐为快；聆听着一曲曲如泣如诉的古筝旋律，围绕文学对句、作诗，吟赋，妙语连珠，仿佛找到了灵魂的栖息地。其间也听主人畅谈他的设想以及修正设想的过程。从中体味"人间正道是沧桑"的内涵。参与其中的武淑莲教授也被他的精神打动，也被这一处可以修身的地方所吸引。参观结束后，她深入思考，撰写论文《构建生态文旅特色教育基地——以杨河村木兰书院为例》。她这样写道："木兰书院是史静波先生近年来打造的以文学杨河为主，集文学创作、教育体验、非遗传承、医疗康养、劳动拓展、乡村振兴等为一体的新乡土生态文旅体验教育基地。是在新时代教育改革和乡村振兴视域下，文学与艺术、劳动与教育、城市与乡村、人类与自然、大地与心灵的新时代融合教育基地。如何构建这个基地更加丰富的内涵，赋能文学之乡与乡村振兴，这是要进一步精心谋划和定位的。"她从"构筑一片诗意的栖居之地、构筑体验式多元主体教育、构筑特色文旅融合体验基地、构筑多彩多层审美模式、以文学的名义构筑精神高地"提出了具有前瞻性和建设性意见。在结语中，她给木兰书院把脉定位："木兰书院是物质与精神、自然与大地、植物与生灵、文学与艺术等形式构成的一座心灵栖息地，更是诸多形式的生存共同谱写的一曲新乡土生活奏鸣曲。是以文学的名义构筑的精神高地。各种形式的体验基地，既是参与者，亦是建设者。是作家、教授、专家、学者、研究者的创作研修之地，也是少年儿童节假日休闲时的充电、体验、成长之地。也可以是乡村振兴视域下新农人、新乡土、新乡贤的精神赋能基地……"我想这样的定位表述，在一定程度上是符合创办者初心的。

人不可貌相，海水不可斗量，这是我父亲生前教导我的处世良言，也时常从他人言说中听到这样的话。一次一次，一点一点地审视放下仕途的他，听其言观其行，我被自己种种臆猜羞辱，生发出"燕雀安知鸿鹄之志"自我解脱的理由，其实是鲁迅笔下阿Q式的自嘲。

书院坐北面南，是典型的西海固民居。大门两侧挂着刻制的对联："深山育幽兰 老林出硕木"，黑底黄字，吸引眼球。有一日，我和几位专家立于门口，无意琢磨起对句，张家铎先生谏言应改为："山深育幽兰 林老出硕木"。一字前后意境不同，从中体味到中华优秀文化的精深与博大。然而，这样的对句隐藏着主人内心的多少期望？它或许就是打开书院大门的一把钥匙。沿着文字，我窥视到他朱子理学发酵的新配方。悬挂在书院正面墙壁上的牌匾，传递出通向主人公内心的信息，其中一块刻有"西海固文学教育基地"竖牌，就像一盏长明灯，在中国首个文学之乡——西吉，让热爱文学的西海固人心存慰藉。

"有缘千里来相会，无缘对面不相逢。"这句话能检验出红尘机缘的重要性。在西海固我和许多文人墨客结缘，也和当地的史学家，地方志专家深谊。受疫情困扰，退居二线后的生活单一，虽说没有落寞感，但有时也会心生倦怠，感到无聊。7月的一天下午，我在古雁岭上转了一圈，看我们曾经栽种的树木撑起的荫凉又大了一圈，山野的花朵静静地散溢甜甜的馨香，就在我低头闻一朵玫瑰色小花时，一只蝴蝶振动着羽翅落到小花上，那一刻，我仿佛做了一个和爱人相拥的梦一样。有脚步声惊走了它，羽翅在夕阳的余晖中一闪一闪，从我的视野消失。我顺着它飞走的方向下山，步入林荫小道时，手机振铃，掏出一看是老朋友马平恩的。接通后很少客套，邀我加入他的团队去审一套文史稿。我二话没说就答应了。按照约定的时间，第二天早上他开车来接我，和我同车的还有耄耋之年，满腹经纶的张家铎前辈。一路相谈甚欢，几十千米的路程不经意间就走完了。他俩第一次去本兰书院，我很自豪地做向导，途经夏寨水库坝沿，穿过高速公路桥洞进入杨河村，来到书院。组织者已在书院的二楼等候。入座介绍，开宗明义。从此，我开始一套8卷本，300余万言的文字审读。史静波先生也是其中一员。因为在他的领地，加之还有二十几个来此体验生活的寄宿学生，他显得特别忙。即要教授学生的古诗文，又要带他们去田间地头识别农作物，还要料理我们的一日三餐。审读者临时动意，把他的那份审读、校对工作分摊。

审读之余海阔天空，案头挥毫自娱自乐，大家很快进入三熟状态（人员熟、环境熟、工作熟）。审读、校对双效（效率高、效果好）推进顺利，一本本被专家斧正的文稿走出国学堂，负责征集稿件的专班人员接过文稿，赞叹不绝。时有西吉志士和慕名者前来慰问，享受他们送来的瓜果，甘甜融化了审读的枯燥。

原来书院和山间的活动场地分离，去食厅还得下楼，出门，爬坡，天晴到好，遇到雨天行动不便。为此，主人欲修梯于餐厅与书院之间。询专家以命名，座中有长着献名曰：拾梯。大家拍手叫好，你一言我一语，诠释拾梯其意：一为步步登高之意，二为拾掇治理之意，三为十全十美之意，四曰拾者，谐食也，民以食为天，一日三餐少了路途之苦；五为捡拾之意，凡来书院者，求福者得福，求运者得运，求德求智者皆有所获，不虚此行。言毕，众皆赞叹，和而附议。真可谓梯携五福。关于此梯，史静波先生动情为记，道出内心所想，笔下流出的是中华精髓，韵仄间承载学识、修为，字里行间彰显出拾梯的大气象。

每日审读完毕，拾梯而上，感受主人的雷厉风行和通达，看着孩子们拾梯而上，能识别山野草木和田间庄稼，真为他的家国情怀而敬佩。

山间建有鸡舍、种植园。鸡舍存鸡不足百只，个个丰衣足食，但不成气候。倒是种植园中挂着作家姓名的红梅杏仰天长笑，枝繁叶茂。有生之年定能尝到指头繁花孕育出的香甜来。

又一日晚餐后，信步于田埂，驻足眺望，视野中的山形分明一座笔架，唤专家一道观之，异口同声，笔架山。由此深思一方水土养育一方人的传承基因。一时兴奋，信口开河，学圣贤雅兴，风庸附雅，向主人献策，在笔架山前当建一亭，名曰陶然亭。文人雅士闲聚此亭，定有山高水长般大作。此言一出，主人甚喜。请家铎先生把盘选址，择日而建。审读小假后，亭立于山间，颇有巍峨之气度。

因缘西吉文史资料审读，成就木兰书院一梯一亭。一梯一亭虽然简陋，但必将被岁月的风霜烟尘浸润出另一种意象。有人会拾梯而上，信步陶然亭，观其笔架山，一定会萌发拿起搁置于笔架山的一支如椽巨笔，泡礁杨河朝露，书写出人生旷达和时代的华章来。

在书院一月之余的时光中，我的灵魂被笔架山下的灯光浸泡，在手捧书卷的夜晚或正午，当我兴奋难抑地穿梭优秀思想的丛林中，漫步于西吉文史之道，聆听杨占武教授以家乡一条河流为题材的散文创作精彩讲座，我想起了20多年前写下的一句话：因为河流，我的生命有了方向。接着大脑中映现出一段激动人心的话语："没有一艘船能像一本书／也没有一匹骏马能像一页跳跃着的诗行那样——／把人带到远方。"（《狄金森名诗精选》）

狄金森被誉为"对美国文学做出了重大独创性贡献的伟大诗人"，也是这位敏感而又痴恋于语言和诗歌的忧郁女子，还替她自己以及所有的孤独者道出了相似的幸福……

在阅读狄金森时，她的秘密日记回答了她选择孤独的理由："我安安静静地活着，只为了书册，因为没有一个舞台能让我扮演自己的戏，不过思想本身就是自己的舞台，也定义着自己的存在。"史静波先生何尝不是这样呢？从他笔下的《木兰闲话》就可以看到他内心穿透庸俗乌云的那束光。在他的放下中能感觉到灵魂的狂欢，并乐意听任于未来的评判，这是多么的可亲可敬。我突然明白他在做一个思想家的事业。

如果让我早生1000多年，或许我会与陶渊明先生结成莫逆之交。而今，我只能与你，还有更多的文朋诗友，穿越历史隧道，踏着季书的节奏来到这里，面对笔架山、拾梯、陶然亭以及红尘中的人间烟火，默读流水、花鸟和生长在山间、田园中的草木、庄稼，体会参悟其中的意义。无论他人说什么，我依然像你一样选择沉浸在历史中思辨，选择一处安静之地，思考来路与归途。尽管对好多不公欲辩已无言。

许多时候，我顺从"难得糊涂"的处世哲学，以"三不猴"为座右铭。然而，在现实生活中，我却时常被老师惩罚了学生的种种事件愤慨，为"不劳而获"的教育理念担忧，为在抗疫中统计出来的伪数字心痛。如果把这些感受讲给身边的人听，会收到"杞人忧天"的劝告。

能像你一样多好，回到一个以涅槃的姿态选择自己生存的方式，如果你愿意，我一定伴你带上犁铧、种子和爱，把书院培植成生命诗意的桃花源。然后在星光闪烁的楼顶凉台上，在鸟鸣包裹的陶然亭，围坐在粗糙的大理石长桌前，一边畅聊或倾谈，一边熬着罐罐茶把盏对饮……

我知道，对于人生来说，求闻达，求建树，乃是人性自然的要求，但当力有未逮，或环境不允许，或到老来，醒悟绚烂的阶段已过，则随时都可投向自然。因为我们知道人无非是万物中的一分子，功名利禄皆为过眼云烟，不必过分执迷。能从先哲圣贤的遭遇中找到自己的出路，这是人生中多么庆幸的事情。

当然，要想把梦想与现实对接是艰难的。这在深入了解史静波先生后，在和他多次交谈中也听出书院的维计，听出开展公益性活动的艰辛。是啊，哪有不经历苦难就成就一番事业的人？千百年来，苦难几乎无时不困扰折磨着一个个不甘沉沦不甘平庸的生命。这似乎是一条亘古不变的真理，一个人，只要他想有所建树，在他的人生旅途上，就横躺着一条苦难的河流。回望几千年的历史，我们几乎毫不费力地即可发现那些伟大的人物，他们无一例外地承受了常人难以忍受的苦难。他们又都是以常人难以企及的毅力，渡过了一条条苦难之河，成就了自己，成全了他人。我们同时也发现，在平庸凡俗的世界里，也躺满了一个个无名无姓的平庸之辈，这些都是畏惧苦难之河，被苦难之河阻隔在彼岸的人。相信在你确定放弃，选择新途的那一刻，你一定意识到了这一点，面对当下，问心无愧，人生中出现的所谓坎坷挫折，又都算得了什么？

在木兰书院出出进进的脚步中，那些定格在苯板上的眼睛注视着来这里的人，或许他们把书院的故事会传向远方，但凡来到书院的人一定会被一种精神所感动，震撼……

离开木兰书院的时光中，我的内心被笔架山的灯光温暖着，我的灵魂被书院散溢的书香浸泡着，我的人格被一项功不可量的工程修正着。

锐利并绵软地穿越

在有限生命和万物相处的时光中，总会从它们的存在中感觉到一种非常隐秘的东西。比如这条纵贯亚欧的丝绸之路，每次站在宁夏固原博物馆展墙前审视用电光标示出的丝路线条时，这条从长安发端一路向西穿越的古道不止一次催发我的想象。我只能越过那些从小就熟悉关隘，闭上眼睛去猜测它可能延伸的方向以及向远的缠绵，静静感知深藏与之相伴的隐秘。

众所周知，人类生活的这个星球上，按照地理结构，学者把全球分为六大板块，即太平洋板块、印度洋板块、亚欧板块、非洲板块、美洲板块和南极洲板块。史料表明，每一板块上都留下人类繁衍生息的痕迹。其中在亚欧板块的组成中，有一块神奇的地方，这块神奇的土地孕育出一种文明，这个文明就叫华夏文明。这种文明在历经5000多年的流变中，给人类留下弥足珍贵的文化遗产，在众多的文化遗产中，丝绸之路就是其中之一。从一个伟大东方文明古国形成的那天开始，注定这条路的命运，从开拓之日起，它就承载了这个文明古国践行宣言的重任。

　　沉睡在古籍中丝绸之路是指从中国古代长安（今西安）出发，途经甘肃、宁夏、新疆，过中亚、西亚到达非洲北部的陆上大通道，基本走向形成于两汉时期，全程分东、中、西3段。东段长安到凉州（今武威）称长凉古道，有南、中、北3条道路可通行，其中北线经过宁夏境内约190千米，走向从长安临皋（今西安市西北）出发，向西北行过陕西咸阳、经醴泉、新平（今彬县）、长武，甘肃泾川、平凉，进入宁夏，经弹筝峡（三关口）、瓦亭、开城，到达原州（固原），向北经三营、黑城、郑旗、贾塘到海原县城，再向西过西安州、干盐池到甘肃靖远、过黄河、景泰抵凉州。魏晋南北朝隋唐间，这条线路是关中通往西北的要道，在文化交流，商贸往来等方面发挥了重要作用。

　　在相关的史料、文献、学者论述的启发下，我对丝绸之路又有了新的认识。我认为在人类文明开端，在地球的东方，一个强大的民族在顶层设计中就有了开辟一条连接东西的通道想法，他想用这样的通道把全球连在一起，从而达到文化融合、民族和睦、世界和平的目的。我推测这种想法来源于大禹治水的启示：改"堵"为"疏"；另一方面，我认为这是冷兵器时代，一个强大的民族用高瞻远瞩的目光开辟的一条向西方输送东方治理理念，达到交流，促进发展的一种思维，是"要想富，先修路"的最早实践。

　　如果从文明传承延续的角度来审视，这又是一条诗与远方的孤独。在当下，在时光深处，每当有人提到这条路，我的耳畔就会响起"眼看者哥哥（呹）不（呀嘛）不见了，指甲儿连肉地离开了……今儿个牵（来者）明儿个牵，天每日盼（呀），夜夜的晚夕里梦见……""哎，打马的鞭儿（者）闪断了，（哟噢），阿哥的肉呀，走马的（哟）脚步儿乱了，二阿哥出门三天了（呀），（哎你）一天（者呀）赶一天远（呀）了……前半夜想你没睡着（呀），（哎你）后半夜（呀）想你给亮（呀）了……"正是这种漫长的孤独，伴随着悠扬的驼铃声将东方文明传向远方。

　　在考量丝绸之路的价值时，21世纪初期，启动了丝绸之路申报世界文化遗产，为此，丝绸之路宁夏段的研究围绕申遗开展，研究内容更加宽泛。

特别是习近平总书记提出建设"一带一路"倡议后，丝绸之路宁夏段的研究进入拓展阶段。以丝绸之路宁夏段的文化价值、建设丝绸之路经济带战略支点以及商业贸易等为主，通过对丝绸之路历史文化研究，延伸到了新丝绸之路、空中丝绸之路、网上丝绸之路，拓宽了丝绸之路的空间研究范围、文化交流和文化产业的融合，取得了显著成果，为经济社会发展提供了文化支撑，相关研究还在继续。事物都在变中求生存。丝绸之路之变会给决策者们带来怎样的思路？

丝绸是绵软的，它诠释了衣锦还乡时的高贵；丝绸也是坚硬而锋利的，它是古代中国帝王们打造的一把匕首，将其神秘的意志与情怀灌铸其中，于是，它就成了开拓、凿空、牺牲的代名词。在一路西进中，形成了中华民族一根跳动的血管，一根脊椎般的天路。

在德国地理学家冯·李希霍芬看来，丝绸之路主要是指古代中国与中亚各国之间的交通道或商贸之路。但事实上，历史上的丝绸之路远远要比这复杂得多。中国社会科学院考古研究所研究员刘庆柱从宏观上进行了更为全面的思考与论述。他指出，广义概念的丝绸之路应该包括传统上所说的沙漠丝绸之路以及草原丝绸之路和海上丝绸之路。虽然它们都具有东西文化交流的历史作用，但却发挥着各自主要的历史作用。三者相比，沙漠丝绸之路的历史作用是更为"政治性""文化性"的，"商贸性"是其次的；而草原丝绸之路的历史作用主要是"文化性"的，海上丝绸之路的历史作用是"商贸性"的。正是这些有志之士的研究，为丝绸之路赋予时代价值。

我想到了叶舟先生笔下关于丝绸之路的句子："谁也未曾料到，一只卑微的蚕所吐露出心，却在此后风沙满天的西域、在苍茫无尽的岁月深处，结成了一条天网般的大道……无疑，它是人类历史上最具想象力和变革精神的一条通道。它用一匹浪漫的丝绸将东方和西方紧密地簇拥在一起。犹如一道灵光，让古代中国获得神示……"

丝绸之路连接着古代的东西方文明，宁夏恰好处于这条国际大通道的重要位置，宁夏地区为"关中之屏蔽，河陇之咽喉，在中西交通史上具有重要的地位。尤其是宁夏南部的固原，是古代丝绸之路由长安到河西走廊最短线路的必经之地"，在漫长的丝绸道路上，宁夏独具地方特色。

据学者研究，宁夏是绿洲丝绸之路必经之地。3000年前这里就成为玉石之路的通道；2000年前，国家意义上的丝路打通，宁夏成为丝路文化交流与贸易的桥梁与纽带。文化遗存与考古发掘均证实了其在古丝绸之路上的影响力。宁夏定位丝路战略支点，有厚重的丝路文化背景与特殊的区位优势，既是国家丝绸之路经济大战略的组成部分，也是宁夏两区建设开发战略的必需。地域文化走出去，是支撑丝路战略支点的牢固基石。要充分利用内陆经济开放试验区的优势，在关注文化生态建设的同时，打造国际旅游目的地，利用好古丝绸之路的两个出口，包括黄河"几"字湾精华之地未来国家战略的发展走向。

丝绸之路穿越亚洲腹地，在干旱的沙漠、戈壁和高原中由绿洲相连而成，故又被称为沙漠绿洲丝绸之路。史书记载，汉代张骞"凿空"西域，开通的丝绸之路始于长安，途经宁夏固原，跨越黄河向西穿越河西走廊，经敦煌过疏勒（今新疆喀什），向西翻越葱岭后到达中亚、西亚，直抵欧洲地中海沿岸。我常常感觉到这条绵延7000多千米的路，锋利如一把龙泉宝剑，绵软似锦帛丝绸。这种隐秘符合宇宙平衡法则。它用宝剑的锋利昭示泱泱大国不可进犯的霸气和开辟前进道路的勇气，同时，它又用丝绸的绵软彰显东方大国的儒雅和追求世界和睦的情意。

中华文化传播海外的历史很早，安阳殷墟商代妇好墓里出土的玉石，学者认为是来自于西域玉石之路。周穆王西狩的故事，说明那时已有中国人向域外传播中国文化。张骞在西域发现当地人使用"蜀布""邛杖"，说明此前已有中国的物产传到了中亚一带。

丝绸之路在宁夏，除了沙漠绿洲丝绸之路外，还连接草原丝绸之路。草原丝路文化交流更早。宁夏是丝路文化交流与融合的桥梁和纽带，就是从这个意义上说的。秦汉时期，随着匈奴民族的迅速崛起与扩张，宁夏成为其活动的主要区域。在汉朝与匈奴博弈的过程中，汉文化通过沙漠绿洲丝绸之路与草原丝绸之路的对接，进入中亚、蒙古高原及西伯利亚地区。秦始皇时期，蒙恬率10万大军北击匈奴，并在河套屯田；西汉初期汉匈之间的战争与和亲，草原丝路都起过重要作用。中亚、蒙古国、西伯利亚等地区出土的大量文物就证实了丝绸之路文化的走向。此外，草原丝绸之路是佛教文化东传朝鲜半岛、日本列岛的一条纽带，绿洲丝绸之路与草原丝绸之路有机衔接并起过重要作用。固原北周李贤墓出土的玻璃器皿、须弥山石窟及其佛教文化东传，同样与草原丝路有关，出土的文物同样见证着草原丝绸之路的经历。

从某种意义审视，地域格局对于一个区域的发展起着制约性作用。宁夏作为新丝路战略支点的定位，既与所在地理空间相关联，又与丝路历史形成的走向在深层上相吻合。中国与中亚共建丝绸之路经济带大外交格局的确定，丝绸之路的价值与意义再次从国家层面上得到了体现。这条起始于公元前2世纪，持续至公元16世纪的商贸与文化交流的大动脉，在承载着时空久远的中西方文明的融合与交流的同时，仍在继续书写着新时代的新篇章，彰显着丝绸之路的当代意义。

从传统意义上看，丝绸之路不仅是运输货物，还赋予了精神认同。文化交流最具亲和力，是丝绸之路沿线国家认同的基础。伟大的丝绸之路把中国与中亚国家连在一起，在传承文化的同时，秉承着一种精神。丝绸之路在推动东西方思想交流、文化交融等方面发挥过十分重要的作用，新时期古老的丝绸之路重新焕发出生机与活力，为沿线国家和地区带来难得的发展机遇。携手合作，共创未来，彰显了中国开放的精神风貌与互利共赢的合作态度。丝绸之路的精神是商业文明与世界和平发展，是合作共赢。因此，要充分挖掘中华文化底蕴，凸显丝绸之路广泛的亲和力与深刻的感召力，交流必须文化先行。文化是一个国家竞争力的重要组成部分，助推"丝绸之路"情结，增进了解，赢得信任，让文化在助推丝绸之路经济带建设的过程中发挥重要作用，对于一个地区来说也是不可忽视的内容。"要带着跨文化交流、沟通的使命，用文化带动经济贸易，用文化建构国家形象，用文化连通世界。"

宁夏要依托丝绸之路把自己的文化特色传播出去。

2000多年前的古丝绸之路，曾给中亚、中东丝路沿线各国带来财富与繁荣，促进了东西方文化的交流。但历史留给我们的教训很深，除自然灾害造成的古文化消失外，人为因素的影响也是比较严重的。丝绸之路上的楼兰王国、巴比伦王国早已湮没在黄沙之中，一些历史名城和建筑沦为废墟。因此，资源枯竭的历史教训是要汲取的。

文化走出去与外资引进来，地域生态环境同样要有吸引力。与保护文化遗产一样，遗产周围的环境要与遗产本身同样对待。丝绸之路经济带的沿线健康发展，同样需要良好的生态环境。在这方面，我们要改变已有的思路。无论是丝绸之路经济带建设，还是西部大开发建设，在培育新的经济增长点、调整结构，发展新产业、新技术、新产品的同时，一定要划定红线，保护环境，正确处理好经济发展与环境保护的关系。

我不止一次和文友、摄影家、文化学者一道对固原段的丝绸之路进行实地考察，感受它锋利而又绵软地穿越中的诗情画意，感受李叔同笔下的送别场景：

"长亭外，古道边，芳草碧连天。晚风拂柳笛声残，夕阳山外山。天之涯，地之角，知交半零落；一杯浊酒尽余欢，今宵别梦寒。长亭外，古道边，芳草碧连天。晚风拂柳笛声残，夕阳山外山。"

在一次次抵达、探寻、返程后，在诗人的情感中感受这条路的魅力。"君不闻胡笳声最悲？紫髯绿眼胡人吹。吹之一曲犹未了，愁杀楼兰征戍儿。凉秋八月萧关道，北风吹断天山草……"（唐代岑参《胡笳歌送颜真卿使赴河陇》）作为一条穿越千年的古道，它给予人的美，类似伴它而生的花儿旋律，裹挟着每一段的悠扬起伏、每一个内心的抒情音符，持续不断地涌向高潮。然而，我难以将起伏跌宕的旋律尽收胸怀，更难以在脑海里拼接、落实每一个具体的细节。丝绸之路在时光中显现的四季轮回，花海、绿荫、白雪、流云，只能作为衬托它的背景存在，仿佛以一个又一个春夏秋冬的轮转，一遍遍反复阐释着它的内涵，它的隐秘。在慢慢流淌的时光中，它与透迤的长城、起伏的山峦融为一体，携带着中华民族的思维和深情，锋利而又绵软地穿越，在人间烟火中熏染出一种肤色的厚重。

这是壬年的春月，我在六盘山涧，眺望被山花簇拥绵延向远的这条古道，我激情满怀，以枝头的花蕾做酒杯，斟满秦风唐韵发酵出的真情，和春风一起举杯，诚邀天下诗朋亲友、行者来这里放牧灵魂……

外面世界

烟火凤凰

　　在我固执的意念中，总认为要想深入地了解一个人或对一个地方有深刻的认识，除了和你想了解的人长相厮守或在这地方生活很久，还有一条捷径可走，那就是沿着文字之道。

　　其实，在走进凤凰之前，我曾在无数个静夜想象这座深处西南大山深处，别具风情的古城风姿，想象那远离尘嚣的安详静谧与灵秀隽永是何等的超凡脱俗，想象那神秘的离奇的甚至有点恐怖的，但已经成为中华文明史上千古之谜的湘西赶尸、苗人放蛊和辰州神符的神奇。于是，在强大的吸引我好奇心理产生的磁场作用下，我急不可耐的查阅关于她的资料。就这样，在很长一段时间，沿着文字，开始了对凤凰乃至整个湘西的历史慢品细读的静夜生活。从散发油墨香味的文字中了解到了关于湘西，关于凤凰的丝丝关联。因为对于凤凰的情有独钟，相关湘西的文字恕我不详细累赘，只作为书写凤凰的背景，遂摘录湖南籍学者熊晓辉、向作合著的《湘西历史与文化》中的文字："湘西自古被外界称之为'旧中国的盲肠'。崇山峻岭的阻隔，闭塞交通的阻碍，土匪淫传的曲解，让这方神秘、沉寂的热土难以被辨其真实的容颜。""湘西，一个充满诡谲传奇色彩的境域；湘西，一片淳清脱俗独具乡土神韵的土地；湘西，一个如诗、如画、如歌、如梦的地方。"概而述之。

在了解凤凰历史的前提下，我感到十分惊奇的是曾经游走在历史边缘，游离于文明之外的凤凰何以从一处蛮夷之地蜕变成一处人杰地灵的沧桑之城？

之于凤凰，沈从文先生曾经这样描述："若从一百年前某种较旧一点的地图上寻找，当可有黔北、川东、湘西一处极偏僻的角隅上，发现一个名为'镇竿'的小点，那里同别的小点一样，事实上应当有一个城市，在那城市里，安顿下三五千人口……"这就是蒙有一层神秘面纱的古城凤凰。

"这地方本名镇筸城，后改凤凰厅，入民国后，才升级改名凤凰县。苗人放蛊的传说，由这个地方出发。辰州符的实验者，以这个地方为集中地。"

当然，对于一个人或一处地方单从外形和地理概念上了解是远远不够的，更需要的是一种能激活感官神经，加剧心跳的亲历，一种身临其境的感受。

随着对凤凰更深入的认识，一种抵达的愿望也随之强烈起来。终于，这一愿望有了实现的可能。2011年的一个夏日，储藏已久前往凤凰的激情被一项与文学有关的工程实施而点燃。我有幸以西海固骨干作家考察团中的一员，踏上了去湖南考察学习的列车。我心里明白，作为文学之旅，去湖南，凤凰肯定是重点。

一路上，我蓄谋着到达凤凰后，在有限时间内的看点。一代大师沈从文的故居是一定要去的。我要敞开心扉，让遥远的文脉之气流进心室，使自己浮躁和世俗的灵魂接受洗礼；我要沿石板铺就的小径，感受巷道的幽深和沧桑，如果老天赏赐一场小雨，我一定会享受到江南的爱情；我还想泛舟沱江，欣赏两岸洗脚伶仃的吊脚楼，想象着一扇临水的窗户突然开启，一个手持苗家花带如花似玉的靓妹向我招手……

我们是在午后临近黄昏时来到凤凰的。当我的双脚踏实地踩在凤凰坚硬石板上的那一刻，凤凰夏日的热浪扑面而来，一下子我仿佛被窖藏百年的美酒醇香熏醉。有点头晕目眩的感觉。

在导游的引导下，我们很快安排好住宿，轻装出屋，想以主人般的悠闲体味仰慕已久的这座古城。然而，眼前和北方迥然不同的山水风骨以及我等肤色、身材，饮食习惯注定我们只是过客，而且是来去匆匆的过客，像人类之于宇宙一样。

来到南华门外凤凰大桥上，放眼望去，沱江好似凤凰的一条弦，居然如此真切、如此安详、如此不露声色地呈现在我的视野。沿岸一片密集的盖着黑瓦翘着飞檐的老屋依着山坡顺势铺开，有些老屋半边悬于江水之上，聪明的凤凰人用木头或竹子把房子撑顶，这一撑就是几百年，撑成了人们津津乐道的吊脚楼。

审视着视野中静静流淌的沱江，我努力地寻找想象中的凤凰和眼前现实中凤凰的结点，那在四季轮回中，被一根桨，不，被无数根桨弹响岁月乐章的凤凰竟然如此的美幻。古城建筑风格清淡，山不高而秀雅，水不深而清冽，亭台楼阁掩映于群峰之间，处处玲珑秀丽，如诗如画。从凤凰桥下来，临江而视，水面漾一道道绿色的鸣唱，一条条乌篷小船轻摇两拍的舒缓，在清凉的水中演绎着如歌的行板。

我踩着老街老巷不知走过多少代人的青石板，漫步于古城大街小巷，徜徉于各个院落亭台，但见满目斗拱飞檐、雕龙画凤，伸出手，轻轻触摸沧桑的黄墙，似乎可以感受到历史的脚步。

走进沈从文故居，故居院落不大，室内陈列着沈从文的著作和其他遗物。我顿生感慨，感叹先生文笔的精妙和传神，写出了《边城》等一大批乡土气息极为浓郁的佳作。站在先生的塑像一侧摄影留念，我默默地感受着先生学识中弥散出的一种精神，一种境界。

出故居，绕穿越古城的沱江段而行，苍茫的暮色中，闪烁的霓虹诠释着凤凰古城在现代文明中的价值……

看来，天下之道大同小异。原以为，这座封锁在山深处的城池不会弥漫人间烟火味，可是当我被真实的，浓郁的鱼腥烟火调动胃口加速运动时，我为多次主观臆断道听途说的事物真相而脸红。

一位随行的酷爱艺术的老板请我们在一处生意兴隆的酒楼吃了一顿价格不菲的大餐，但吃意未尽。离开酒楼，我们找到临江的一处小吃摊，将凤凰的特色小吃和夜景一一品尝。其间，我们的猜拳行令声吸引当地好多人驻足，他们向我们投来善意的微笑和好奇的目光……

第二天，我早早起床，在一位中年苗家妇女的引领下向沈先生的墓地进发。先生的墓地在古城东面的听涛山上，位于沱江县城段的下游岸边，距古城的东门城楼外的虹桥约3华里路程。谈笑间，我们靠近了大师的墓地。虽然我从相关资料上已经有所了解大师的墓冢，但眼前的墓冢其简朴程度仍然出我所料，我几乎不能接受那是一个大师的墓。没有墓栏，没有精心刻制的墓碑，甚至一个隆起的土堆也没有，我被眼前的真实存在所震慑，敬畏之情油然而生。

大师的墓其实就是在半山腰一处并不宽敞，杂草丛生的地坪上，看上去很随意地搁着一块不规则的天然五色巨石。要是没有刻字，极易让人联想到是一块山体滑坡是翻滚下来停留在这里的石头。

不远处有一块石碑，上写"沈从文墓地"5个遒劲大字。还有一块竖长的石碑，上面刻有画家黄永玉为表叔沈从文题写的碑文："一个士兵不是战死沙场，便是回到故乡。"五色巨石正面镌刻的是沈从文手迹："照我思索，能理解我；照我思索，可认识人。"背面是沈从文的姨妹张充和的撰联："不折不从，亦慈亦让；星斗其文，赤子其人。"其联句尾4字"从文让人"透射出先生一生的高风亮德。墓地清幽静谧，四周绿树环抱，墓地和四周的草坪上摆放着无数的野花和竹编的一些蝴蝶，在夏日灿烂的阳光照射下，飘散着缕缕馨香。我肃立在这块独特的墓碑前，向一代大师致以人间最为庄重的鞠躬礼。礼毕，我抬起双手，虔诚地抚摸石碑，通过石碑传递的温暖，我默默地感受着大师身后事因简单而彰显出的人生完美，因简朴凸显出的伟大……

　　沱江泛舟绝对是这次文学之旅的一次独特体验。为了不留遗憾，我们还是购买了游船票，登上了一只绿色顶棚，月牙形小船。江中游船很多，或一船满载，或三四人一只。艄公吆喝一声，小船顺流缓缓而行。大伙在船上东张西望，以各自的嗜好审视着两岸的风光。忽然，立于岸上的一位苗族女子唱起了苗家山歌：

> 河水宽有二三尺，
> 妹赶鸭子上河床。
> 看见哥哥河那边，
> 喊声山歌逗哥忙。

　　正在我们几位来自北方的热血男儿无言以对时，船上的一位好汉应声对唱：

> 好开心啊好开心，
> 开心有妹答我音。
> 一肚相思往哪放，
> 快和阿妹认个亲。

　　接着，那位女子应和：

> 夜夜睡觉脸朝西，
> 和哥对唱妹开心。
> 醒来不见哥的脸，
> 阿妹想哥好伤心。

又有一位好汉应答：

> 隔山听见妹歌唱，
> 声声传来撩心窝。
> 听得牛羊吃草忙，
> 听得凤凰忙做窝。
> ……

沿岸的吊脚楼风姿绰约地离我们而退，临江的窗户大都敞开着。然而，再没有大师笔下那个等着相好的船夫捎来胭脂花布抹了头油的河妓探出头来了。我忽然觉得，这大山深处的沱江，千百年来流淌的不仅是一脉清流，它流淌的是一部凤凰人的生活史。

作别沱江，作别虹桥，作别一律的石板铺就的老街，作别凤凰。虽然我们不曾带走一丝云彩，一滴雨水，但烟火凤凰不经意间已经涵养了我的灵魂。

湖南归来，最忆是凤凰。在时光涓涓的流淌中，我用心破译着曾经蛮荒之地走向现代文明的密码。文化是民族的血脉，文化是民族的灵魂。我恍然明白，之于凤凰的繁荣和文明，与当地人民的不懈奋斗有关，但我可以大胆地说，是沈从文先生将它推向极致。至此，我依然固执地认为，要想深入地了解一个人或对一个地方有深刻的认识，除了和你想了解的人长相厮守或在这地方生活很久，还有一条捷径可走，那就是沿着携带者人间烟火味，传递着人间无限温情的文字之道。我就是沿着大师笔下的道亲临凤凰的。

凤凰，飘散着人间烟火味儿的凤凰，因为沈从文先生的媒介，从我认识你那天起，我就深深地爱上了你……

人间温情

喜欢一个人独自静坐或行走，在夜深人静、清晨或黄昏。

没有缘由的喜欢。就这样海阔天空地想或一边走一边看一边想。不经意间想起了许多事，虽然都是些过往的事，但仿佛寒冷时被阳光温暖一样，内心涌动热流。我明白这股热流的渊源。

听到妻弟给邻里帮忙运完粪回家时从蹦蹦车上摔下来肩胛骨骨折的消息后，他已经被送到城里的一家名为康泰医院的急诊室。经过一系列程序，他被我们搀扶着走进住院部的病室等待手术。同一病室住着一位年过花甲的老头，右腿高位截肢，因感染再次住院，陪他的是老伴，头发花白，但给人的感觉却很阳光。慈目善眼，豁达开朗。很快就熟悉了。老头倔强，能感受到健康时是能呼风唤雨的人。知道他们来自偏远的东山里，10年前收运小麦时翻车将老头右腿打折住院截肢。老头痛不欲生，几次想了结生命，都被老伴发现，苦苦哀求、开导将其挽留在世间。老伴说时，泪眼婆娑。几十年相依相伴，不离不弃。她下地干活，怕他再寻短见，便用架子车将他拉到地头，有他在，多苦的活干起来都不觉着累，多长的夜有他呻吟就觉得不孤独寂寞。干完活再拉回去。喂他吃喝，送他烟火。她对我们说的全是温暖的人情。听她讲述其间，很多次我不由自主地就想起我三奶，想起父母，想起乡亲，想起老师，想起朋友，想起为生命而奋斗的人们。

我三奶从我能记事时就是一个小脚老奶奶，去年过世。生前掌握一技，即接生，在当时的农村是极为圣神的活计，她拥有这技艺，便也被村民敬仰。敬仰是虔诚的，是底层生存者那种纯朴的敬仰，毫无拍马溜须之意。我们的村庄距乡镇医院和城里的医院很远，因不方便去那里，全村60年代出生的男男女女几乎都是她接的生，名副其实的生在家园，长在故乡。新生儿在未出月时，她都会定时的去观望，从孩子的发育状况可以看出有无病变，如若发现，便用一种叫艾的植物灸，十有八九手到病除。她接生从不收取任何财物，一生中拴了好多干儿干女干孙子，年头节下，她家门庭若市，她享受到了人间独有的温馨。

就这样，又毫无缘由地想起贫穷年代，那时，寻吃讨要者多，记忆中，他们每每来到我家门口，必有收获，其间也有过父亲刚从外村讨要回来的食物，或半碗玉米面或一块高粱馒头或几个土豆。忆及感到欣慰的是我也曾在父母的指使下施舍过那么一点点。岁月变迁，我在其中，想他们也不会被岁月遗弃，相信人天生绝不是乞讨的命。困难时期已过，但愿那些曾经来过我家门口的人们一定过上幸福生活。

土地承包到户的那年，有村民春天无籽下种，乡亲们虽然也都紧困，但还是不弃地帮着，这家一碗，那家一碗，终究，他家的土地上也有粮食长出。

想起老师和朋友，在心生幻灭感或碌碌无为或心烦气躁时，便会有一句勉励的话或一条问候的短信飘然而至，如及时雨水熄灭心头的那点颓废火焰，振作精神的瞬间，就有一种温暖弥漫全身，却原来人不是自我地活着。

也有过刘心武先生笔下的那种莫名其妙的难过，心里酸酸的那种，平静但渗入骨髓。在酸潮涌动时，眼前会映现城市街头那些缺腿少胳膊的残疾者和那对女人是男人眼睛的拉泔水的夫妇，好在也能看见他们面前放置的纸盒或铁盘子中有钢镚、毛票，也能听到他们为灾区捐资的消息。

从小受父母教育，与人为善，点滴之恩当以涌泉相报，牢记心头。耳闻目睹了人间各种人生境遇的坎坷艰难，世事的狰狞和突变，也见多了翻云覆雨的手，从中感悟，告诫自我，一切皆是惘然，为什么要去颠覆他人而毁灭自己呢？

平日喜欢关注许多高尚之人的文字记载，想沾沾他们的向善之气，修正自我的不足。他们为求生的患者捐资，甚至捐献自己的器官；他们为贫困地区投资建学校；他们慷慨解囊资助农家子弟踏入大学之门；他们……太多的心意令人感动。仔细想来，那份感动来源于他们的厚德，他们的温情。是他们的厚德之云载着温情之雨，滋润善根，洁净眼界。我等才有了这般心智。

就这样在独自静坐的夜晚或独自行走清晨、黄昏，因为一只衔食的鸟雀或一朵静自绽放的花朵，便能激活我的神经，那些曾经的计较也就被人间诸多的温情融化，顷刻间，内心就生出许多的触手，想去相依，想去抚摸，想去热爱，想贯注自己所有的情义供给现世……

因人间温情时常击中我的软肋，我也不至一次为那种干净的温情泪流满面，你肯定也有过吧！

一路温暖

这个冬天因一次远行所带来的温暖至今难忘！

在枝头的秋叶被渐紧的秋风吹落如蝶样翩翩起舞时，接到宁夏作家协会通知随团访问，赴江苏、山东交流，草草地携带上行李飞向意念中依然花开的目的地。

这是我第三次去江南考察学习，尽管时间很短，所到的地方也屈指可数，但映入眼帘上传到记忆底片上的景象却还是令我难忘。淮海战役英雄纪念碑、龟山汉墓等等一系列在岁月烟云中沉积下来的物象如磁石一样形成强大的引力场，吸引游人接踵而至，熙熙攘攘的景况就这样很自然地描绘出江南的神韵和魅力。

多少年来的梦缘，就在飞机着陆的瞬间实现。如丝的细雨中，生命骤然与"梨花似雪草如烟，春在秦淮两岸边，一带妆楼临水盖，家家粉影照婵娟"（清人孔尚任《桃花扇》）的秦淮河畔意境相遇。如鹰的思绪，翱翔在江南诗意的上空。我曾在散文《沿着河流》中写过这样的句子：因为河流，我的生命便有方向。而现在呈展在我眼前的是一条孕育南京古老文化的河流，它所滋润的沿岸美景使我们一行感慨万千。眺望河中悠悠小船，千年的梦恍然如初，放飞的视线中，若隐若现的古人正束发披衣，驾一叶扁舟沿秦淮而来。人流集结成商贾风光，在缠绵的细雨中构成江南的古色辉煌。

行进间，眉头与沧桑相撞，渴望像油纸伞一样撑起敬仰的目光，穿越岁月的烟雨朦胧流连忘返。

到达济南时，气温骤降，着实领略了一下寒气袭人的感觉，我们的团长苏保伟看在眼中，他当即脱下身上的一件羊毛衫给我，我接过羊毛衫，仿佛接到了一件储藏正能量的宝衫，那一刻，我无言！

一路风尘，一路温暖，一路心旷神怡地被这个团队的精神所感动。在他们的关爱中，我的内心燃烧着不灭的感慨和念想。千年的旧事，悬挂在目光遥视的江南风物之上，一尊尊用崇敬的情感塑铸的大师级人物的巨像，手握经卷叩击我被世俗尘封的门。他们令我双目充满阳光，继续穿越千年的香烟缭绕。我在善男信女虔诚的跪拜中，透视着东方的思维。恍然间，我醒了的感觉嗅到了唐代诗人杜牧笔下"烟笼寒水月笼沙，夜泊秦淮近酒家。商女不知亡国恨，隔江犹唱《后庭花》"的忧叹。

是啊，万丈红尘之中，沧海桑田之间，谁在听历史剧场中飘起的轻歌？谁在看岁月舞台上的曼舞？一场场风花雪月，一次次心计谋算，一年年奔波往复在浮躁中描绘出"自我"；然而，有几人"居庙堂之高，则忧其民，处江湖之远，则忧其君"，又有几人"先天下之忧而忧，后天下之乐而乐"呢？

上苍的恩泽孕雪化水，滋润万物生灵。来到孔庙，我真切地感到：向善之灵长心存敬畏和慈悲，延续着孔庙的香火，那香火融在百年一遇的雪花中，穿越时空洁净出一片繁华……

一路温暖，江苏如诗，山东如画，谁不爱恋呢？

清华是一种高度

2014年初冬之于我的人生是永远难以忘怀的。

因为一个战略性的决策，助我走进清华大学校园，于是，在我记忆的底片上留下了来自清华的诸多印记。虽然只有短暂的一周时间，但在这里我亲历了人到中年的特殊开启，我真切地感受到清华是一种高度。

学习的历程从每天早上晨读《道德经》开始，年轻的班主任老师领读"居善地，心善渊，与善仁，言善信，政善治，事善能，动善时……"诵读中我强烈地感受到，在这些隐含着大道的文字中，《清华文化与清华精神》《国防局势与国家周边安全》《国学智慧与现代管理》《信息传播的蝴蝶效应》《习总书记重要讲话精神解读》等12个专题，在12位教授的独到解析下，与我而言完成了一次心灵的光合作用。

客观地说，清华对于莘莘学子而言，也许是许多人的梦想，更是许多家庭的梦想，我是有这个梦想中的一位。想当年，虽曾寒窗苦读，但却未能实现这一梦想，接下来将这一梦想转移，想让女儿实现这一梦想，可惜教育无方，依然没能了却心愿。静心细想，清华绝不是每个人都可以企及的，她的存在就是一种高度，之于我等庸庸之辈想靠近这个高度都很难，何谈跨越？改变了认识，也就改变了心态。在久久的景仰中，将梦想转成向往，这个向往很简单，就是到清华校园走走，没想到这个向往竟然在这个落叶缤纷的时节实现了。

从 11 月 11 日开始，到 11 月 17 日结束。在清华的时空中，我被浓郁的人文气息浸染着，不由自主地铺开自己的一垄垄心田，用心感受"自强不息，厚德载物"的厚度，体会"行胜于言"的力度，领悟"严谨、勤奋、求实、创新"的广度。我在那飘逸于纵目无穷的清华时空的氤氲气氛中捕捉提升能力的信息，我捕捉到了学高为师的风范，行胜于言的境界。在清华，我被王国维、梁启超、陈寅恪等大师的学养修正内心的玩世痼疾……

"一粥一饭，当思来处不易；半丝半缕，恒念物力维艰。"通过学习，使我懂得在一个经济落后的贫困地区投入不菲的资金将我等送入清华培训，以提高综合素质与能力，这种战略思维是何等的长远。毋庸置疑，意识决定思维，思维决定思路，思路影响决策。在如此战略思维的背景下，作为一名文艺工作者，就要牢固树立担当意识、责任意识、进取意识，全心致力于为人民抒写、为时代立言，自觉坚守艺术理想，不断提高学养、涵养、修养，加强思想积累、知识储备、文化修养、艺术训练，从而提高为文艺工作者服务的能力。

学习期间，目睹了教授们的风采，他们授课看似随意，聆听之后留下的深刻印象是每堂课都经过精心地设计。他们的语调时而尖锐，时而幽默，他们的神情或眉飞色舞，或慷慨激昂，神情和语调形成的抑扬顿挫之中，阐幽发思之间，纵横全球之下，信手拈来的诸多贴近实际生活的事例，将虚拟的时空变得真实，驾驭课堂气氛之游刃自如的掌控能力非一日之功。在他们将深奥的学理变为易懂的话语中，我明白"小"故事中的"大"理念。

学习归来，和文友或朋友或亲友茶余饭后，我就对他们说：清华真是人才济济的知识天堂,如果有来生我一定考入清华,我以为在无边学海中,清华文化和清华精神是一剂开启心智的良药。

这次清华之训,我找到了自己的坐标。

一个人的天涯海角

秋风渐凉，生活渐次退居内心的一个黄昏，诗意地完成意象中的"天涯海角"与现实中的"天涯海角"对接的那一刻，我突然觉得自己像一只完成了羽喙重生的鹰隼，又可以用更新的苍劲翼羽划定属于自我的疆域。

事实上，在我最初的印象中，天涯海角只是一处遥远的海风吹拂、椰树摇曳、风景优美之地，是一个只有梦想才能抵达的地方。毫不隐瞒地说，只有在琐碎而又无序的生活里，产生无名的烦躁和不安，进而生发生命的幻灭感时才会想到它。

在想到这个在梦中无数次映现的地方时，也就不由自主地做出各种天马行空的假设，因此，我也有过在夜深人静时幻想和心爱的人一起逃离市井中的喧嚣、逃离世俗中的匆忙、逃离碌碌无为的日子，到远离红尘的天尽头、海之角去洁净内心的冲动。当然，也有过一个人像金庸先生笔下的侠客一样，佩一把剑，带一支箫，去天涯海角寻找一个传奇，也有过和红颜知己去香榭丽舍大街，选择一个细雨绵绵的日子举一柄伞悠闲地散步，到尼罗河畔临风赏景，到繁茂的椰子树下品酒吟诗的奢望……

可是现实与假设毕竟还存在着一段用心丈量、用脚步行走的距离。直到后来为一个从海南旅游归来的朋友接风洗尘，其间听她讲述在天涯海角的浪漫和惬意，她绘声绘色地描述，把海南酿成了一杯醇香的美酒，把天涯海角描摹成一段相依相靠的爱情，把椰汁调出了五彩百味……在她的描述中，我感到了和假设相似的地方，仿佛如临其境，海鸟鸣叫着，一对对情侣相互胳膊挽着胳膊在海边漫步，缕缕凉爽的海风撩起她们的黑发……推杯把盏中，我的心中像植入了一颗珍珠核，自那天晚上开始，那颗核在时光和向往的喂养下，渐次被天涯海角的传说和文字中的美包裹。我为它能长成一颗蕴藏海南故事的珍珠丰富着内心。

我藏不住心事，也藏不住梦想，正如我藏不住爱你的兴奋、喜悦，藏不住刻在巨石上的感动。多少次我想到你时就想到苏东坡，想到"行遍天涯意未阑，将心到处遣人安"的诗句，沿着这样的诗句路标，我找到了苏东坡仕途屡遭贬黜，家境不济时的精神支撑。在一个名为朝云的女子缠绵爱意中，在曾经的天涯海角他积淀了万丈豪情，把一腔红尘中爱化成：

> 不似杨枝别乐天，恰如通德伴伶元。
>
> 阿奴络秀不同老，天女维摩总解禅。
>
> 经卷药炉新活计，舞衫歌板旧姻缘。
>
> 丹成逐我三山去，不作巫山云雨仙。
>
> （苏轼《朝云诗》）

可以断定，是朝云的痴情和海南的风情消融了苏轼在仕途上的失意，可以想象当时他面朝大海时凛然的气度，难怪"海阔天空"是那样的雄厚。

或许人一生可以爱很多，然而，总有一个人或一件物品或一桩事可以灿烂心空，可以柔肠寸断，可以刻骨铭心……

但之于我这个长时间固定在西海固一隅，以画地为牢方式生活的人来说，灿烂心空，柔肠寸断，刻骨铭心的是看到"天涯海角"4个大字的那一瞬。真的，那一瞬，无法言表的激动顷刻将心间积压太久的委屈和怨结融化，在海阔天空真实的时间和空间存在中，我发自内心是那么真挚地眷恋这块意象和现实相吻合的地方。

在我抵达中年的这个正午，我视野的海面上巨轮远航，一叶叶小船扬帆，海滩上一颗颗灵石宛如上岸的企鹅、海豚、鲨鱼呈现出生命的活力，散溢出曾经桑海的气息，一座座高楼大厦或似矗立的丰碑诠释海南的发展成就，冲天的椰子树散发着扑鼻的清香，游人如织地涌动让我心旷神怡。如此的景象使我对海南人的发展理念有了全新的认识。他们在发展经济的同时，正在营造人们放牧灵魂的草山……

我掏出手机，触摸机屏，翻捡出收藏在手机中的诗朗诵：

我的天涯

"在声音的交响乐中／我是唯一的安静／海在远处半暗半明，时吼时啸／鹭鸟独自将瘦小的脚，在沙里轻提、慢放／我需要一个天涯／用来放逐自己，用来收藏无法言说的流光……"（林馥娜）

在含情生动的声音中，一只海鸟从我的头顶掠过，目光追随它的踪影，我想借助它的羽翅在天涯海角的时空中划定我的天涯，我的海角……

亲历阿坝

一

在我看来，任何形式的旅游，都不如呼朋唤友利用闲暇的时间放牧灵魂，在山间，在河畔，在草原，在属于自己的时空中，看苍天之上白云的飘逸，看大地之上万物的从容，在一泓水的清净中看清自己，去阿坝更是如此。

明知道之于阿坝，之于那处圣洁的土地，我只是匆匆过客，但我还是沿着诗意的路标去了。

明知道阿坝只是一处梦想抵达的地方，我的肉体凡骨难以融入，但无法拒绝的诱惑牵着我循着地图上的那个点还是去了。

明知道那处魂牵梦绕的地方只能是一场浪漫的恋爱，而不是我的生活和恋人，但我依然不惧路途遥远、高原反应，不惧晕车的难耐还是去了，并且把去的时间选择在中秋。

　　我知道，之于阿坝，之于在西北一隅经历很长时间远眺望的阿坝，她就像一粒早已植入我心田中的种子，迟早会发芽、生长，任其丝丝缕缕的藤蔓延伸并会载上我的灵魂跋山涉水。无数个夜晚，梦中阿坝的那些带露的小草，静静绽放的小花，郁郁葱葱的大树以及牦牛、寺院、喇嘛、转经筒像一个个无法摆脱的咒语，令我痴迷。从千里之外的黄土高原腹地出发，一寸一寸向她靠近，一路上散发着草原气息的秋色激励着我和同行兄弟姊妹们的视觉，车轮同时间赛跑，我们不时地停下，用镜头记录下沿途的风景。在相互交流中，可以看出这些风景就是每个人的内心。

　　车轮沿着逶迤道道路奔驰，车窗外白云追赶着白云的天空中，溪流交错着溪流的大地上，万物景象带着呼啸被视觉摄入，高原与高原的差异在内心发酵使旅途有了别样的韵味，我们一路谈笑、高歌，在一声声惊叹中，享受着万水千山中的诗意。

<h2 style="text-align:center">二</h2>

　　暮色苍茫中，我们抵达阿坝一家名为"阿坝遇上"的宾馆，冥冥之中像是上苍安排好的一样，在听说中民风淳朴，景色如画的秋天，我们竟然遇上"遇上"，遇上了笑口常开的弥勒佛，遇上了操着半生不熟的汉语嘘寒问暖的服务员，在异地秋日的温暖中，我们还能遇上什么呢？

　　早出晚归，我用心打捞着这方厚土承载的人文、历史。我要撬开埋藏在经幡中的声音，它在我的耳畔游弋了很久；我要掠走一匹青色有角的牦牛，它在梦中驮着我进入一条万花筒般的峡谷；我要坐在高山之巅，把自己晒成一团白云在无垠的天空中卷舒；我还要将自己想象成一条河流，翻山越岭，想象成一只羚羊，练习在广袤的草原上秀出的信步由缰……

　　然而，尘世间许多事不是以个人意志为转移的，我们设想着能早点发现愿景，发现那种超凡脱俗的震惊，我们进寺院、入经堂、去麦尔玛牧民家，我们爬雪山、下河谷、到曼扎塘湿地，但都没能如愿。就在我们将要告别阿坝的那天，上苍赐予我们一幅胜景：云雾笼罩下的小城静静地享受着上天眷顾下的惬意，马群在山坡上觅食着带露的野草，阳光轻抚着它们的皮毛，悠闲的神态中透露出牧主殷实的光阴。远方传来转经筒的吱吱声，晨雾在山间弥漫，远处的寺院若隐若现，红衣喇嘛手持佛珠，回味着经典中的美味。浓雾渐次变淡，错落有致的屋舍呈现在我们的眼前，仿佛在说你来或者不来，我都在这里。云雾向大山表达着爱意，远山披上云雾的盛装迎接着每天的不经意。多情的霞光，如梦如幻，它像似阳光以天空为幡书写出的经文。山巅、路旁、河边，五彩经幡上的经文宛如流淌在阿坝大地上的溪流，微风徐徐，飘动的五颜六色诉说着阿坝的盛情，看到这些景象，我感到每片经幡上，每个转经筒中都藏着日月乾坤，所散溢出的气息沐浴着万物生灵，积淀出"道可道，非常道"的那种深度和厚度……

在阿坝，一天之中能感受到四季风情，群山被白雪覆盖出别样的韵味，河岸上的牦牛反刍着自己的心事，它们早已被弥散四野的诵经声浸泡得大彻大悟。草色宣告着一个季节的来临，山水相依暗示着万物生存的秘密。所有生命的存在在时光中舔食着雨露秋霜，聆听溪水欢快的吟唱。身披红袍的僧人，天地在心，他们是一个个传承民族文化的使者，行走在经典中。眼前是一条河，一条河的两岸风景不同，谁度我到彼岸，用爱的温暖包裹被世俗冰冻的内心，用真情平静我烦躁的生活。

转动经筒，转着日月，一天，一年，千年，万年，在牛粪的烟火中将漫长的时光揉进糌粑中，让时光发酵时光，点亮酥油灯，默默许下和你相约的愿望，待到相会的那天，我们在草原深处倾听活佛的叮嘱。

三

在阿坝，村庄像镶嵌在山间的雕塑，用它们的安静安放着人们的欲望，光阴被时光喂养成一缕缕飘散着酥油茶香的炊烟，诠释着牧民们虔诚而幸福的守望，他们安静地看着月圆月缺，无怨无悔；他们每天沐浴着梵音，在日出日落中收容走向远方的脚印。走进阿坝，就走进了藏式古建筑的艺术殿堂。从上阿坝安斗乡、甲尔多乡到中阿坝、下阿坝的安羌乡、查理乡等广大地区分布着风格独特的土房藏寨建筑群。这些具有千年建筑历史的藏式民居，简直就是一件件以土木作形，以各类线条的诡奇，色彩纯净的图案作装饰的艺术品。数十座民居散落于一片山坡，就是一卷民居村落图。

在阿坝的日子里，我和朋友转山，转水，转寺院，每到一处都有意想不到的收获。在行走，打量，聚焦中，我强烈地感到：阿坝的确是一处精神富矿。牧民和喇嘛是这方土地上生存的两大群体，他们各执其事又相安无事。年复一年他们不厌其烦地诵经和转动经筒。虽然我听不懂他们富有节律的念词，单从个人主观揣测，念词怕是为芸芸众生祈福的句子。后来一位喇嘛朋友告诉我，念词是六字真言。在经筒吱吱呀呀的声音中，我仿佛听到滋润万物的溪流声。

在赛格寺的那天上午，恰逢一位大喇嘛闭关，在淅淅沥沥的细雨中，信众们围着寺院转圈。我们遇上了其中一位来自温州的女信使，她热情地给我们普及了一下佛教知识。寺院门口两侧如果挂出花束和松枝并配有哈达，说明寺院主人正闭关修行，这是绝对不能进入或打扰的。转圈一定要按顺时针方向，3 圈是基数，13 圈是小圆满，130 圈为大圆满。在捻动佛珠，口诵六字真言的转动中，我领略到他们内心的虔诚。我还听到了加持 2 字，粗略地翻阅过关于佛教的文章，对加持算不上理解，但那种向善的心足以让人感动。在阿坝，细细观察这里的男女老少手中都有一串佛珠，他们每天的生活如出一辙。看到我们，他们没有用异样的眼光，而是面带微笑地向我们打招呼，这对一个外来者是多大的款待和安慰。从他们的平静、安详的微笑中，我窥视到他们的善良、慈悲和包容。这是一个具备能仰视广袤宇宙，俯察万物生息的民族才能呈现出的品质。

我们每天都在向愿景靠近，向这方水土的深处靠近，我们想从缕缕炊烟中品出凡尘生活中的高洁，我们想从随遇而安地从容中挖出红尘深处的支撑，然而，之于阿坝，我们是来去匆匆的过客，我们能感受到这块土地的厚实，博大，想要抵达它的内心，是需要耐心、毅力和殉道般地虔诚的。

途经麦尔玛，我们遇上了一场震慑视觉，震撼心灵的大场面，几百头牦牛在公路一侧的铁丝围着的山脚下被一条又一条套索转移着空间，起初我以为是交易，这种场面在我的家乡只要逢集就能看到。我用这种经验和惯性思维也给这个场景定性，还很有把握地给像我一样的过客解释。不到几分钟，我的经验就被事实顷刻颠覆，我为我的无知感到羞愧。

事实上这是一次给生命尊严的礼仪。当地的牧民告诉我，这几百头牛是活佛从不同地方买来，然后分给他所处的这个村庄上每一户牧民，并且规定，这些牦牛不能屠宰，就让它们在这方土地上繁衍生息，直到老死。这是怎样的悲悯情怀啊。

这天恰是每年的中秋，如期而至是那轮皎洁之月，抑或是那轮心中的红月亮高悬天空的日子，我们不约而同地走进红尘中最喧闹的一家歌厅，我们用心眼仰望星空，静静地感受那轮满月给我们送来的幸福，我们用歌声在异乡欢庆一年一度的团圆。

用仰视的目光打量了阿坝的风俗民情后我们朝着传说中的美丽进发。

来到曼扎塘湿地，我们看到珍稀的国家一类野生保护动物黑颈鹤成群结伴在沼泽边轻漫舞步，苍鹰盘旋于高空，兔蹦、鹿跑、羚羊穿梭于林间草丛。听朋友介绍，这里也是黄河水系源头涵养地，与若尔盖、红原国家级湿地保护区连成一片，有十分丰富完整的高原湿地生态系统。已知有脊椎动物19目39科79属117种，是观赏辽阔的川西北大草原风光和考察高原湿地生态的胜地。生息繁衍于川、甘、青3省结合部的阿坝的各族儿女，在这样的地理环境与人文环境中，衍生出丰富多彩的民情风俗，孕育了大度包容的人文精神。真是令人流连忘返……

四

在阿坝，我感受到了一种强大的气场，那就是：安静，有序，淳朴，诗意。生活在这块土地上的人们似乎每个人心中都有一座寺院，有他们尊崇的宗教。吟着佛经转经筒是他们每天必做的功课，仿佛经筒中藏着万水千山，金银珠宝，藏着启迪心智的钥匙，藏着医治心病的良药。

蓝天，白云，牛羊马群是那样的悠闲，它们似先知先觉者，宠辱不惊。那是一个午后，天空乌云密布，雷声大作，可它们依旧在山野间悠闲地低头吃草，安详地静卧反刍，远非人在突遭天变时的慌张与仓促。也许这样的自然之变在它们的世界里早已见惯了，或者这些大地之上的高贵者早已修炼到了这样的境界。镶嵌在山间的寺院在阳光下闪闪发光，那光亮宛若一束传送吉祥的佛光，让人在强大的气场中感受这块土地的厚德。没有贩卖商品的叫嚣，没有拒绝的目光，每到一处，喇嘛或牧民的无言微笑就会让人安心地行走，欣赏。这里真是一方净土，是放牧灵魂的草场。

梵音渺渺，炊烟袅袅，向天地生灵传递无欲向善的信息。在阿坝，一株草，一只鸟，一头牛，一条河，一个喇嘛就是一首蕴涵丰富的诗。如果细细审视或者凝视，你就会感到有一种东西渗透肌肤直抵内心。而万般事物，千百生灵在同一片天空下相安相处，有序地完成它们使命，你说我们还有什么理由不为阿坝点赞呢？

在阿坝，你必须心怀虔诚，用双脚轻触，用双眼打量，用热情亲近，才能从中感受这方土地的种奇，探究到生存与生命的秘密……

从一缕桑烟开始，我们一起在时间深处打捞一个民族的心灵秘史，感受祥和中的那份惬意。

桑烟："桑"是藏语的译音，其本意为"清洗、消除、驱除"等净化之意。桑烟又称熏香，用在盟誓上，是让天神作证的意思。烟火人间的桑烟，更多的是为自己、家人和亲朋好友祈福。每逢吉日，村寨到处弥漫着浓郁的香味，萦绕着袅袅的桑烟。"桑烟"一般用柏的细枝和叶做燃料，当地称为柏香。藏族人认为凡是不干不净的身和物都要用柏香熏陶后，才能清除秽气得到真正的清净。

在阿坝，几乎每家每户都备有桑炉（或在院子中央，或在屋顶依山处），每逢藏历新年，大年初一，人们起得很早，第一件事就是煨桑祭神，素以第一个去煨桑的人为荣。后来的人只是在已经燃起的煨桑堆上添加松枝、柏枝、桑面（糌粑）等物，顺便献酒洒浆，跪拜叩首，添嘛呢箭杆。在煨桑的过程中产生的烟雾，确实让人有种舒适感。因为藏区海拔高，有火、有烟，自然会从心里产生温暖，松柏枝上的油脂燃烧后就会散发出天然的香气，这样的香气恐怕山神闻到也会十分高兴的。因而信徒们以此作为祈福的一种形式，希望神会降福于敬奉它的人们。

沿着缕缕桑烟，我目睹到阿坝人民的精神支撑，在他们心灵深处镌刻着两个字："敬畏。"

亲历的现实一次又一次证明，一个失去敬畏之心的民族或个人是没有信仰的，这样的民族或个人最终是没有出路的。在中华民族的大家庭中，56个民族的繁衍生息彰显出的是信仰的力量。

在蕴含着诗意的桑烟引导下，我们来到郎依寺，寺院墙外，有一排转经筒。我们观察，每天的不同时间，都有藏民要顺时针用右手转动它们，并念念有词，经谨慎我打问，才知道他们念的是：嗡嘛呢叭咪吽。一位喇嘛摄影家告诉我们，转经筒又称"嘛呢"经筒，转经筒有两种，一种是手摇式的，一种是固定在寺庙中的，无论是手摇式的，还是寺庙里固定式的，转经筒的结构大同小异。它的里面有一张用藏文写满的经文，因为在奴隶制时代，藏民大多不识字，所以把经文装在转经筒里，每转一圈，相当于诵经一遍。转经筒有一个能转动的轴，每当转动到一定圈数时，就要更新，这样藏民就能知道自己念诵经文的遍数。多少个世纪以来，这嘛呢轮始终伴随着神奇的六字真言，在那些虔诚信徒散发着酥油馨香的手指拨动下，不知疲倦地旋转着，哪怕就是一字不识的藏民，也能通过这种方式，无声无息地完成他们与内心深处的佛菩萨间美妙的沟通。审视着这些饱经沧桑、阅历丰富的转经筒，在韵味无穷的转动中，我落满尘埃的心空仿佛洁净如洗。是啊，常常走在熙熙攘攘的市街上，听着各类叫卖者嘹唳的贩卖声，内心不由得泛起无名的伤感，感到人到底还是被生计逼迫着，世人多认为，财富拥有的越多，幸福感就越强。其实不然，虽然说对财富的索求是人性的，但被物质支配着的人的生活，终究会产生沦落的滋味。在我伸手触摸转经筒的那一瞬，我想到了海德格尔一句话："贫穷而能静静地听着风声，也是快乐的。"事实上，一个人如果能真正摆脱物质的羁束，在精神的世界里会得到无限的自由。

五

从阿坝归来的晚上，我感到自己像静卧在被佛经浸泡过的山野中的一头牦牛，在夕阳地轻抚中，在细雨地缠绵中，在月光地滋润中，在雪花地吟唱中，反刍着阿坝的耳闻目睹，品味着阿坝的物象人文，使思绪的味蕾亢奋。我想到了梭罗。他在瓦尔登湖畔筑屋而居，远离红尘，仅靠人们意想不到的一点物质，居然喂肥了那原本枯寂的心地，成就了一部在全球产生影响的《瓦尔登湖》。在书中他说：多余的金钱只能购买多余的物质，真正的生活所需，是不需要钱的。从字里行间悟出，我等之所以生活得恐慌与急迫，是把追逐名利和多余的物质当作人生的目的了。

从阿坝归来的许多个白天和夜晚，我品味着和朋友们捕捉着到有关阿坝的信息，倾听着繁星絮语；感受着在阿坝追云沐雨的瞬息万变中的世事变迁，顿悟出母亲那句"不走的路也要走三遍，不用的人也可能用三遍"的前瞻内涵……

我隐约感到，我会在不同季节踏上那条通向阿坝的路，我也明白到阿坝，只要有耐心走向时间深处，一切都会自行化解，一切都会有新的开端。这个中秋的远行，我找到了安放心事的地方，找到了安放匆忙脚步的地方……

沈园思绪

踏进沈园大门的那一瞬，我的思绪如蚕丝一样从脑壳中抽出。

隔着时间，与诗人对话，我感到了那段历史的疼痛。

因为他的一首词，我放牧灵魂的计划中有了"沈园"这个名字。

在查阅有关沈园的文字介绍时，我的思绪就已化作一只蝶，一只渴望在沈园花红草绿间起舞的白蝴蝶。然而，这只震颤着双翅的白蝴蝶，终因诗人伤怀的爱情苦雨濡湿了双翅，便沉重地附着在他终生未解的情结上。

经历了梦游沈园的煎熬后，我终于如愿以偿。这是 1998 年 6 月的一天，当我站在雨后被雾气笼罩着的沈园门前时，我怀疑自己是在做梦，我摇了摇头，透过雾气，模糊地看见门口的匾额上郭沫若先生题写的"沈氏园"3 个字，于是，穿过烟似的雾，向沈园深处走去。

身临其境，宛如然观赏一幅水墨画。亭台楼阁，碧池幽径掩映在绿荫中，有鸟语和昆虫的鸣叫从看不见的地方飘来，带着江南水乡的圆润。

不知是受园林氛围的感染，还是受诗人伤怀情绪的影响，我猛然觉得诗人的爱情在绿裹雾罩的沈园中复活，我摸了摸那面散发墨香的粉墙，仿佛摸着宋高宗绍兴二十五年（1155 年）的那个春天。

"红酥手，黄滕酒，满城春色宫墙柳，东风恶，欢情薄，一怀愁绪，几年离索。错，错，错！春如旧，人空瘦，泪痕红浥鲛绡透。桃花落，闲池阁，山盟虽在，锦书难托。莫，莫，莫！"

分别 10 年后邂逅沈园，诗人面对心爱的人置酒款待，心灵中的琴弦瞬间被纤细的酥手拨动……双目相对，怎一个"悲"字了得。

之后，唐琬附词述怀：

"世情薄，人情恶，雨送黄昏花易落。晓风干，泪痕残，欲笺心事，独语斜阑。难，难，难！"

时隔不久，唐琬满怀惆怅，为一个"情"字忧郁而死，这就给诗人心里绕缠了一个难以解开的情结，于是沈园便成了诗人凭吊爱情的地方。

在渐渐淡弱的晨雾中，幽静的小径边，一丛丛兰草撑起一朵朵蓝色的花蕾在甘露的浸润下缓缓绽放，翠竹环抱的池中有燕子如蜻蜓点水般飞翔。

自古文人多情种。

我被一种无法言表的情绪窒息。多少次梦中，我手拿一枝玫瑰，看一只不知从哪里飞来的七星瓢虫落在花蕊上爬动，想象月光似水的静夜中发生的故事。

枫叶初丹槲叶黄，

河阳愁鬓怯新霜。

林亭感旧空回首，

泉路凭谁说断肠？

坏壁醉题尘漠漠，

断云幽梦事茫茫。

年来忘念消除尽，

回首禅龛一炷香。

一股凉气或许是一颗顿悟人生的冰冷的心从沈园的花丛中显露出来，他想告诉后人什么呢？

我坐在沈园的亭台上，感悟着经典爱情悲剧对我的昭示。温暖的阳光里，一双双鸟雀在枝头绿叶间缠绵；一对对鸳鸯在清波绿水中嬉戏；丝丝阳光滴洒的花香绿气中，有昆虫的清亮的鸣叫相互应和……

"此情可待成追忆"

置身沈园，窥视岁月的印痕，嗅着诗人叹息声中的苦涩，我的脑海中又一次浮现出诗人 72 岁时的慨叹：

> 城上斜阳画角哀，
> 沈园非复旧池台。
> 伤心桥下春波绿，
> 曾是惊鸿照影来。

直到他 86 岁去世前，仍念念不忘对唐琬的真情：

> 沈家园里花如锦，
> 本是当年识放翁。
> 也信美人终作土，
> 不堪幽梦太匆匆。

然而，沈园依旧，游人如潮。可有多少人知道沈园闻名的缘由呢？

在我将要离开沈园时，我和同游者合影留念。当镜头对准我身后倚靠的园壁时，我的视野中有两只彩蝶震颤着双翅在阳光下闪闪烁烁。我不由自主合双手于胸前向诗人的灵魂祈祷……

他山之石

牛红旗镜头中的电闪雷鸣和风霜雪雨

——品鉴《疼水·我的西海固》

因为职业的特殊性，见过千姿百态的文学类作品集和开本多样的艺术类作品集。比较而言差别很大。细细琢磨，这种差异介入的不确定因素太多，暂且不论。但在判定标准上我以为任何艺术形式的精品诞生都是缓慢而艰难的，因其这一过程，注定了诞生后的超凡脱俗。当然，这样的作品一旦呈现在读者面前，只要是一个真正意义上喜欢艺术的读者，无不被这样的精品所震慑，进而对其作者产生敬佩之情，对编者生发崇敬和感激。

近期，由陈小波主编的"中国摄影家研究丛书"，牛红旗先生创作《疼水·我的西海固》摄影作品集由中国民族文化出版社出版，据我所知，此作品集就编辑这一环节耗时 3 年多。收录的影像大多是牛红旗先生近 10 年来以西海固一个名叫水泉湾的村庄为主拍对象，以方圆百千米范围内的风物为辅助，用内心深处的那只眼睛发现的人间"真、善、美"，用"镜头温暖陈述，用复调诗歌的描摹，让每一张照片携带命运——西海固人的命运，人类的整体命运"（小波序言）的一部经典之作。

作品集内容由 3 大板块构成，即：序言，作品，跋。

与其他作品集不同，也是这部经典之作结构特点是除特色性序言外，增加了主编、特邀编辑和作者就"如何记录邮票大小的故乡？"——关于故乡与记录摄影的 8 个问题的访谈交流和作者用文学语言陈述作品集产生的动因——心里有眼清泉。

开篇的序言就很不一般。陈小波主编用诗歌的形式作序，有很强的暗示性，即作品集的"诗性"。

在慢慢品鉴中，由"人性"创造出的"诗性"上升到"神性"，镶嵌在一幅幅画面的"谜困"之中，需要我们细心品味。

令摄影爱好者最为受用的是：主编、编辑和作者就摄影艺术的经验之谈。这里我不做赘述（只要仔细读读这篇面谈文章就会明了）。另外，从作者笔端流淌出的真挚言词所携带的信息读者自有领悟，我也就不再啰唆。

第二板块是作品集的心脏，编者在这个板块可以说动了心思，花了功夫。如此精心细致的设计，十分"严谨""严密""严肃"地让每幅影像呈现到位，使章与章，节与节之间相互呼应的逻辑关系。

每节开头都安排了纪实散文，明晰地交代了所要聚焦的物相。特别是在第一章：一方水土的第一节用"云根雨穴"开头，意韵深远。

"云根雨穴"，是清代固原州十景之一，在固原城东南，也就是水泉湾周围的那片天地。是古人祈雨的地方。据史载，明万历十二年（1584 年），陕西、甘肃大旱，固原尤甚，驻节固原的陕西三边总督郜光先率文武官员前往太白山求神祈雨。之后，原州（即固原）父老在此立庙，年年展祀，遂成一处规模宏大的寺庙建筑群。到了清代，太白山依旧香火旺盛。若遇旱年，官民一齐前往太白山寺庙祈雨。《宣统固原州志》载，寺居绝顶，山阴有泉，并给它们冠于"大太白、二太白、三太白"之名。"三泉水色莹碧，澄澈坳深"。清代人在太白崖侧立有石坊，署曰"寻雨穴"和"蹑足云根"。

"云根雨穴"即由此而来。

这一节中，安排了4幅照片，呈现出水泉湾的春夏秋冬之风骨。被云雾笼罩的水泉湾入诗入画的映入人们的眼帘，营造出"云根雨穴"的神秘性，为后面的章节埋下伏笔。

整体照片采用黑白，使画面显得纯朴，干净。通过光影交代故事发生的时间，使人回味无穷。影像之中的细节，彰显出作者的功力。

有人说得好，其实大自然中不缺美，缺的是发现美的眼光。

陈小波先生在访谈问题六："用什么方式来表现故乡"中说："谁也不知道自己的影像能存活多久，一切要由时间来评定。我一直在寻找有感情、有德行、有爱的、溶解着历史最重要纹理的影像。"

"在牛红旗的影像里，我看到了我想看到的影像，包括大地的伤口、遗弃的房屋、被风雪折腰的柳树、守护土地的'雾人'，还有鲜活的生活场景……"

牛红旗先生做到了陈小波先生想要看到的真实之美。难怪她如此评判。

接着，在第一章第二节用"地貌"（6幅）作品清晰地再现出五行缺水的西海固被时光撕裂的疼痛来，在这种疼痛中诗意地表达出生命不畏苦难而屈服坚强的意志力。镜头中的物相幅幅具有象征意义。

20世纪著名的德语诗人里尔克说："我们应当以最热情的理解来抓住这些事物和表象，并使它们变形。"作者正是以这样眼光聚焦，以全景扫描和全息透视的方式对西海固进行了无微不至的精神剖析

在巧妙地完成启承之后，编者和作者达到了心灵默契，然后在三——五节安排27幅作品，用具象的生命本体来讴歌这块土地上繁衍生息的苍生向善，向上，坚韧不屈的生命内核。就像蒲公英、榆钱籽或杏核一样，不离不弃这方土地，落在哪里就在哪里生根发芽，在雪化为水的滋养中成像。而正是水泉湾具象的生命在作者心中化成意象后，这些"象"带给读者无比丰富的想象。这些"象"是作者眼中生出的一往情深，是作者将一往情深定格成一幅幅风骨俊俏的精神图谱。

正如陈小波先生所言："红旗后来的影像确实做到了。他拍摄的虽然是一个一个定格影像，但上面有流动性，有音乐的旋律，有遐想空间。"

我国当代著名艺术家傅雷生前说过这样一段话："一个艺术家的路程能走得多远，除了苦修苦练以外，还得看他的天赋；这潜在力的多、少、大、小，谁也无法预言，只有在他不断努力、不断发掘的过程中慢慢地看出来。"在《疼水·我的西海固》丰富的影像中，作者内心的电闪雷鸣和风霜雨雪与西海固自然的电闪雷鸣和风霜雨雪相互交融，呈现在读者眼前的是一道闪电的光亮，是震耳欲聋般的雷鸣携带为故土立言的呐喊，是深深扎根泥土而不畏严寒风霜的内心独白。

在第二章：生于兹长于兹中，编者将封存着生命气息的 60 幅作品编排成七节，从每个小节的标题中，我们就可以清晰看出构成人类生存的自然元素或人类在生存中创造出的元素。这些元素就像酿酒用的粮食一样，经过作者精心酿造、调制，给读者一滴一点地淋出了香气四溢，味道绵长，陶醉心灵的影像。

在我的感觉中，牛红旗就像一个考古专家发现远古的遗存，面对这么神秘而又丰富的景象所带来的惊喜，我想他的内心所产生的激动绝不亚于当年考古学家发现"仰韶文化遗址"时的那种惊喜和激动，他一头扎进这里，几十年如一日，用心，用情，用爱围猎和生命相伴的一切。在《诗经》"昔我往矣，杨柳依依。今我来思，雨雪霏霏"的意蕴中表达中华文明之根源，描绘黄土高原之上的"大象"。

他虔诚地将手中的相机举起又放下，右眼眶与聚焦眶多次接触中，给他的右眼左角处留下一处拇指大小的斑痕，如果不了解他的人还以为是块老年斑。那斑痕中隐藏着他对猎取者的敬重，隐藏着他一丝不苟，聚焦精准的操手。他用负载着西海固变迁信息的照片，掀开西海固发生巨变的秘史：固守，隐忍，不屈的文化积淀。

我在梳理民国以来固原的文化脉络时，总结出对文化的理解：像岁月之中的浮尘一样，总会在某个不经意的早上、中午、下午或晚上沉积下来，日积月累便形成一层坚硬的东西附着在生活中的物件上，封存遥远的信息。其实文化也是这样，不是一朝一夕就能彰显它的功效。在固原大地上，民众在繁衍生息中留下气息，这些气息和尘埃一道沉积育化，形成了缤纷的文化。这些文化像河流一样，在千年百载中悄无声息地流向人们的心田，成为滋养一方文明的营养。牛红旗先生打捞出的不就是这样的物件吗？

在审视一幅幅用心血显影成像的照片中，我感到的是火山喷发时的地动山摇以及被干旱撕裂，又被时光缝合时的心悸与阵痛！

在第一、二章的架构中，编者和作者共同发力，选用惯常的影像支撑起这部经典之作的血肉之躯。这些个人环境中的日常器具或细微之物显然已经具有了象征功能，而这一象征功能是与个体时间和命运不可分割地胶着在一起。

从《失守的城堡》（诗、文、影）集到《疼水·我的西海固》（文学与摄影）集，牛红旗先生把书写诗歌、小说、散文的笔换成了"长枪短炮"似的镜头，历炼出一套文学与摄影完美融合的组合拳，打出了一片天地，打出了个人的风采。我以为他是用一腔热血和无我之大爱，为西海固树碑立传。

完成了"肌体"的塑造后，编者按作者的影像内涵，为初步立起来的集子注入灵魂性的镜像，这些镜像不是客观描摹式的再现，而是作者借助现实乃至幻象完成对深层经验和内在动因的剖析。这就有了第三章：于兹为伍；第四章：万物有灵。

在这两章中，所编排的照片为前两章所交代的环境增添了人间烟火。审视这些照片，其间蕴藏的信息会像雨水渗入干涸的大地一样，伴随着"滋滋滋"微妙声音，这种声音穿透肌肤直抵人最敏感的神经，每一个画面都会让人心里泛酸，眼眶潮湿。

第三章共由 7 小节 46 幅作品组成，流淌出作者拍摄影像的内生动力。有文字为证："我心里装满了女人。"

"我需要一个女人督促我，需要一个女人睡在身边听我打呼噜，需要一个女人分享我的快乐。"

如此地表达，传递给我们的是生命得以延续的秘密和在这种延续中存在的理由。谁会想到这种缠绵竟然出自一个血性男儿的笔端。这也足以说明他是一个心怀慈悲的人。第二节：我原是一名村童（16幅），再现一个人成长历程中环境对内心世界的影响。

这里他所交代的环境以及事物的关系已经在他记忆深处发生了根本性变化，它们不再是空间关系而是意识。

所以，在他镜头中安慰之物和栖身之所可以是具体的，现实的，也可以是精神的，想象的。

从这16幅作品可以推测出"疼"的根源。在童年记忆丧失了根基，生存观念沦丧的今天，思绪和闪念回到那些记忆之物。可以看出他仍然希望在幻想中有可依赖的安慰之物和栖身之所，这也是现代性和工具性成灾难时，他用留存的意念为无奈的精神上的逃避补偿。

在第3节至第7节中安排25幅，这些排列的影像中，时间尺度和空间坐标印证了作者以痛彻的生命经验，直接建立起的真实感受。原有的空间秩序和时间结构被记忆还原，透过画面，我一次次听到作者在时光深处打捞生命过程中负着在仪式上的心跳声音。

第四章："万物有灵"共6节（51幅照片），这一章中，作者近乎采用特写的拍摄方式，从理论上建构成"大地伦理"。这里需要解释，在汉语词典中，把"伦理"定义为人与人相处的各种道德准则。正是这种准则，使中华民族在生灭流变中保持了相对固定的生活模式。诠释了"和谐共生"的理念。我认为《疼水·我的西海固》之所以能成经典之作，就是作者用"和谐共生"这一理念聚焦物相。

在西海固人民生存史上，人们把"牛、马、驴"唤作头口。这一称谓道明的是这些生灵在人们心中的位置。位置决定价值，这是中华文化中对价值判断的依据。而"羊、狗、鸡、猫"等这些生灵是构成家园气象不可缺少的元素。作者用单独一章来呈现，可见它们在这部作品中的分量。大地伦理，既是生态环境伦理又是文化伦理，因为处于时间和空间的维度所以必然随着社会体制和空间秩序的变动而变功，甚至有朝一日会面目全非甚至解体。作者用前瞻性思维，将这些存在定格成像，结集的这部著作，就是一部无可替代的西海固志。

在和他交流中，他以《疼水·我的西海固》为例道出对这片土的爱怜。"朝前一步是'疼'，书中所有人的面孔，是我熟而又熟的。他们的惆怅与欢喜我看在眼里，装在心中，他们的情绪如我的情绪，表情似我的表情；我常常会感觉到他们擦拭农具时的心情，明白他们给牛添草时的企望，体会得到他们送女儿出嫁时的不舍和埋葬老人时的哀伤；沟畔的柳树与杏树，我知道它是如何风风雨雨长出来的；从老窑到土屋再到砖房，我眼瞅着人们如何一步一步走过来；入村的小路，我走进去时是土路，走出来时变成了水泥硬化路。退后一步，西海固便是我的西海固，西海固的故事便是我的故事。

我和西海固那些默默无闻活着的人一样，不怨天，不怨地，没什么大的奢求，但我们都知道爱惜。我们怜惜如今风调雨顺、安泰自然的生活，疼爱每一个贴己的老人和孩子，珍重和尊重每一寸绿了又黄、黄了再绿的光阴。"……

作品集第三板块，由"我拍的是日常生活，像《诗经》中"风"一样自然的生活——牛红旗与"阮义忠摄影人文奖"终审评委的对话和跋：我的西海固。

这一板块以文字形式呈现，有客观评价，也有作者的灼灼言词。在此不再赘言。

品鉴完这部经典之作后，我的脑海中显现出这么几个词：精美，厚重；独到，大气；进而勾勒出一幅"意远风雪苦，归来江山春"的行者形象来。

祝福红旗，期待红旗。

一样的时光，不一样的人生！

文学照亮生活，也铸造内心

——读仲舫先生的散文集《奔放的旅程》

一

从去年冬季的嘱托，到今年春天来临，按乡亲的计算模式，时光已过去两年了，这两年就火仲舫先生而言，是经历了不该有的煎熬，而这些煎熬中有我拖沓而增加的。真是惭愧。

早就耳闻他在整理自己的文集，16 卷如此浩瀚的文学工程，之于他需要耐心、恒心，也需要理解，需要支持。在去年一场大雪过后的早晨，他来找我，要我为他的散文集作序，我感到诚惶诚恐。原因有三，一是他曾经是我的上司——文联主席；二是在西海固作家群中，他是承上启下的核心人物，就目前的创作体裁而言，小说、散文、诗歌、评论、报告文学、戏剧等门类均有涉猎，可以说是一位德高望重且成果丰硕的全能作家；其三，作为晚辈的我以他为师。虽说也喜好涂鸦，但是才疏学浅，我怕笔下的文字苍白无力，难以撑起他文稿的厚重。因而，久久不敢动笔。打听到他的作品丛书整理已到了后期，已联系协调出版事宜，就再给自己找不到不动笔的理由了……

二

通读完他的这本散文集中收录的作品，倍感亲切。这些作品大部分在各报刊发表时就拜读过，就像有缘人见面，有一见如故的亲和力。先生作品的传统技法中，携带着质朴，将人间的喜怒哀乐跃然纸上，将中华民族文明长河中的精华收割，将西海固大地之上的风俗封存、定格……

进入 21 世纪以来，当剧烈的变革把民众的需要提升到突出位置的时候，文学的本性在另一面又显示他的沉稳与持重。文学的这种本性和宽容性是耐得住颠簸和寂寞的。作家的命运也常在这种一波三折中，最终得到大众的认可和界定，我想之于他，这是埋藏在心底的愿景。

三

走出陋室，感受这个季节中流动的温暖，我心怀感激和感念。凝望枝头那一棵棵嫩芽舒展成叶，俯视山野间那一株株小草破土凌风，目睹万千花朵不负春光，摄住春天的梵言。和煦的阳光下，我的目光被一朵花蕊间采撷花粉的蜜蜂吸引，定睛审视它，内心生发出敬仰，当它振动羽翅，悄然飞向远方时，我的视野中浮现出和共和国同龄的他。我看到他渴望而又执着、坚毅的眼神，举步维艰而顺从斑驳的步调，把洁净灵魂的雨露一滴、两滴、三滴，把清爽宜人的清风一缕、两缕、三缕，把温暖内心的阳光一串、两串、三串驻入读者的心房。

我和他在一页页流淌着诗韵文章的揎掇下，相对无言，凝神屏气，让亲历从眉间挤出，乐不可支地相拥。

正如钟正平先生所言："火仲舫先生属于那种典型的大器晚成的作家，在努力经营了数十年的散文和戏剧创作之后，在读者和文学圈内完全未觉意的情况下，仿佛是一夜之间，他一口气推出了3卷近80万字的长篇小说《花旦》，突然以一个成熟的小说家的姿态出现在文坛上。他曾给宁夏文坛带来两个惊喜：一是由散文、戏剧作家到小说作家的华丽转身，二是大器晚成，出手不凡。他的文学才情终于找到了一个新的更加合理的突破口……"

是的，我也时常被他的勤奋和多产感动——他的笔管中仿佛有一条奔流不息的河流。

四

一个人的经历和历史进程常常不会同步，但历史筛选同文化的积淀终归并行不悖。在文学的浩瀚江河中，火仲舫先生创作的独立和独创精神，作品中揭示人性和人生的丰富性以及乡土性和时代性的结合，让人过目不忘。正是以这样一种清醒的理性态度，警示我们不要那样始终如一地抱着一种简单天真的乐观对待文字，而要经常陷于一种焦虑忧思的批判思考之中。这是他的文学作品，特别是散文作品的特质。

2016年的每一天，注定是一个不寻常的每一天，中国作家协会主席亲临西吉，作文学照亮生活的专场报告。她说："文学不仅是西吉这块土地上生长得最好的庄稼，西吉也应该说是中国文学最宝贵的一个粮仓。"我以为，火仲舫先生不仅是这个宝贵粮仓的建设者，而且是这个宝贵粮仓中不断填充饱满种子的人。

五

清代文学家张潮有言："情必近于痴而始真，才必兼于趣而始化。"人固为钟情而能自拔，痴情流露是一种最动人的真切状态，而要在才艺上至臻化境，则须身心同住的敞开与投入。正如《论语》所谓："知之者不如好之者，好之者不如乐之者。"写作者只有在内在上找到与客体的共通外，内心的兴趣与才艺的韵味相投，达到了以写作为乐的阶段，才能臻于挥洒自如，出神入化。火仲舫先生正是这样一位智者。

这本《奔放的旅程》是他的第三部散文集，是他心性的再现。故乡精彩瞬间，乡村濒临消失的风俗，旅途中独特的视野，人生经历中的感悟，都活灵活现地涌入他的笔端。他像一只勤劳的蜜蜂，用心采撷文学花蕊中的花粉，酿制着醇香甘甜的精神之蜜，有理由说，这是一部独具魅力的散文集。

在归类组合上，先生精心谋划，第一辑为"故乡神韵"，收录 15 篇佳作，把传统文化的因子囊括其中，例如：《迎喜神》《出仪程》《写春联》《端午轶事》等，展开后，呈现在读者面前的是一幅民俗长卷，其中的韵味得细细品嚼。第二辑"山野拾趣"，精选作品 6 篇。字里行间流淌的是故土风情、民间乐事，他将这些撷掇起来，引发人们追忆往昔，情之所至，泪眼模糊，情之所达，心潮澎湃，情之所及，感慨无限。第三辑"心旅奔放"，辑录作品 17 篇。在人生的旅途中，先生把自己定位成一位游子，所到之处，即景生情，以小见大，以平见奇，将视野中的情景用白描的手法描摹出来，祖国大好河山的种种意韵，在作者笔下升华为理性的正能量。例如《云南行》《新马泰风情》《火石寨揽胜》《西藏行》《台湾拾零》等，阅读中感到他以笔为琴，在如泣如诉的旋律中，曼妙出精彩缤呈的世界万象。第四辑"真情感悟"，收录作品 15 篇。篇篇精到，情感真挚，无论是《追忆姨夫雒达》，还是悼念袁伯诚、孙道临先生的，无论是怀念朱世忠先生，还是缅怀陈忠实、张贤亮、李成福先生，从中都可以读出他内心的悲悯，品出他对固原文学的痴情，对友情的珍重，感受到为人处世的亲和力……第五辑"锦上添花"，收入作品 25 篇。先生用敏锐的视觉捕捉红尘中的瞬间，又将这些瞬间注入真挚的情感定格成永恒。《又见雷达》《悠悠师生情》《家兄酷似老父亲》《为故乡喝彩》等，即流露出先生处处留心的细致，又彰显先生对文学的虔诚，这些文字使我感到文学不仅照亮生活，也铸造内心。

写完这些文字的那个夜晚，寂静在空阔的窗外把时光遗忘。花开的声音恍然若梦，那只蜜蜂在花蕊上蠕动。我的目光穿越乡愁，用自己的感恩，祝愿火仲舫先生的文集早日问世。

饱醮才气写心景

——青年画家刘文辉山水画品鉴

在当下文艺风格流派丛生的气氛中，一个人如果对其从事的艺术创作一知半解，没有定力，随意跟风，很可能他就很快沦为心中无景的涂抹者。每次欣赏刘文辉笔下的山水，总会被他的坚守，被他的执着，被他的绘画观感动，从而生发出对他的敬佩。从他的为人和作画中就能感受到强大的正能量。他热衷于公益事业，哪里需要他，他就会到哪里服务，再苦再累也毫无怨言，仰天朗笑再出发。才气、正气、人气构成他在宁夏绘画界的磁场。

刘文辉，别署牧云先生，汉族，1981 年出生在宁夏南部山区——固原。书画之外擅长诗词，文言文，散文创作。有文言文作品《重修青龙寺记》《西方山大佛寺记》《封神寺记》三篇碑记刊刻成碑，现为中国国画家协会理事，北派山水画研究会艺术委员会委员。从小喜欢书画，他从中华优秀传统文化中汲取营养，魏晋歌赋，唐宋诗词、游记无不涉猎。因为文学积淀，使他的山水脱俗。勾、皴、点、染出的意象高古、雄浑。

哲学家蒂利希曾说，"艺术所要呈现的是：无论如何与我相关的事物。"我想绘画更是如此。

每次走进文化巷社区那间工作室，看到正在进行中的大幅水墨山水，我都会被它的气韵所吸引，静心观赏，就会感受到作品传导出来的"畅神"功能。

刘文辉的山水画创作，其意境追求的是：立足于面向生活的一种在场叙事方式。他的创作常常在他喜欢的音乐节律中完成勾画点染，虚实间呈现出的是他的心景，这是非常难得的。

他师承清华大学美术学院吕云所山水画创作，因而笔法守正，以笔黑以心来追索景物，抚摩文脉，将其山水之精神韵致流于笔端，或浓或淡，或繁或简，或苍凉，或圆润，形成他独特的绘画风格。

观他的画，总能感觉到一种气势恢宏，醇厚丰满，韵味悠长的力度和美感。他笔下的山，或层峦叠嶂，或迷离隐现，让人景仰；水，或清澈见底，或咆哮奔流，促人进取；树，或皮老苍藓，或祥麟乘空，令人肃目；云，或舒卷变幻，或如烟似雾，让人迷恋。他追求以精熟的笔墨，使心中山水情愫，架构出千山叠翠，万壑争雄，云蒸霞蔚，树木葳蕤的景象，传递出心灵与大自然融为一体的自由超越。作为一名草木画家，有如此的胸襟于他勤奋、悟性，博览分不开。

自古书画不分家，刘文辉做到了。他每天坚持习帖，从书法的线条中磨砺写功，从而保持国画要素的完美融合。

清代画家石涛有句名言："笔墨当随时代。"这一论断对后世画家影响深远。许多名家以追随时代和表达自我为目标，对绘画的思路、技法、表现对象等进行了大胆而富有成效的创新。刘文辉也不例外，他深知"像我者死"的道理。他绘画中富有音乐的节奏感，这成为他在守正创新中抒发正直、朴素、坚强情感的特殊符号。

真正的艺术是主观的，是个性化的，但也必定是客观的，是普罗大众的。刘文辉笔下的一座座千姿百态、气象万千的江山图，都会让我透过虚相、实相、幻相身临其境，有种沐浴在烟波浩渺美景中，享受经久的洗涤，体会彻骨的幽远，并滋生出无限风光入心头的惬意来。

期待，文辉！祝愿文辉。

一个行伍出身者的学思践悟

——读何秉义先生随笔集《隐藏在书香中的道》

一

在大众认知中，把当过兵的人都定为行伍出身。但凡贴上这种标签，给人的第一印象是雷厉风行，干事果断，也就是我们常说的直率。在社会生存的法则中，也把人分为三教九流，这种分类也便于学者们研究各类别人群的共性。但也有在类群中彰显独到的人，我认为何秉义先生就是这样的人。

二

在天地间，万事万物在生灭流变中呈现出不同的形态，即自然形态和社会形态。其中自然界的万象就属于自然形态，而社会经济与物质基础和上层建筑与社会活动这二者同时构成的社会模式就属于社会形态。人类中的精英在对宇宙空间观察、研究中发现物体和生命存在的规律。其中物理学上存在万有引力定律，即自然界任何两个物体，都是存在相互吸引的。人与人之间，也不例外。朗达·拜恩在《力量》中写道："每个人身边都有一个磁场环绕，无论你在何处，磁场都会跟着你，而你的磁场也吸引着磁场相同的人和事。"

你有什么样的磁场，就会过什么样的人生。

认识何秉义先生是 20 世纪 80 年代初。那时我们都年轻，都有"诗与远方"的梦想，都是须弥山文学社的成员。从那时起，他的言谈举止就给我留下深刻印象。

三

时光荏苒，由于生活，生计，工作岗位的变迁，须弥山文学社自然解散，只有那些曾经的文字还在岁月长河中散发着油墨香气。几十年之后，我们结为儿女亲家，友情升华成亲情，每每相聚交流最多的是还是为人处世。令我钦佩的是他业余时间给自己不断充电，博览群书，学思践悟。在现实人生中，我以为兴趣和优秀的书籍是指导我们成长的最好老师，人的兴趣爱好不同，选择了什么样的爱好，就有什么样的人生。有人把生存的环境定义为磁场，这个观点我赞成。因为这观点和爱好的相似性，便产生了有什么样的磁场，就会过什么样的人生。通俗地说，我们生活在一个偌大的能量场中，人的情绪的正负，决定一生的命数。美国心理学教授大卫·R·霍金斯，曾通过 20 多年的临床实验，提出了一个"能量层级"的概念。能量层级越低的人，越容易用负面情绪感染别人；相反，和能量层级越高的人相处，就会越舒服。和我们亲家相处，给我的都是满满的正能量。他对这个世界充满希望，学法律、学企业管理、学建筑设计等，学有所得。说这么多是想佐证他是一个好学上进的人。积极的人生态度，决定他的人生厚度。

四

在我生命的亲历中，我真切地感受到：人与人之间的情绪，真的是会传染的。和负面磁场的人在一起，他们身上堆积的"情绪垃圾"，会汇聚成一个情绪黑洞，相处久了，甚至会吞噬掉我们的正能量。而和正面磁场的人相处，即便遇到不如意的事，他们也会积极乐观，相处时间长了，我们整个人也会变得自信阳光。军人出身，加之父母、兄长的言传身教，使他的身上时刻散发出正义、担当、率直的气息。浓密的双眉笼罩着炯炯有神的大眼，标致至极。从着装就可以看出他不是一个随便的人，做事定是井井有条。在和他的交往中这点已得到证实。就这一点足以成为我的榜样。正如《秘密》一书里说的那样，宇宙间有一个强大的吸引力法则，你关注什么，就会将什么吸引进你的生活。命里的那些磁场虽然无法被看见，但它却在悄悄地影响着我们的人生。你今天身边的每一个人，其实都是前半生中不知不觉埋下的种子。这些都是题外话，下面就这本书谈谈个人的理解。此书已在数月前完稿，结篇成册，是一部励志之书。是作者第一部心血之作。嘱托我作序，但久久未能完成，实在感到愧疚。

五

通读完这部作品，对亲家何秉义的这一成果感到欣慰。一个行伍出身，文凭并不高的人能对儒家思想理解这么深，精神和毅力真是难能可贵。他在后记中对此做过说明，这里我不再赘述。

《隐藏在书香中的道》这部作品内容以读《处世绝学》后的思考为主线，分4个板块来架构，即立世、修身、悟道、践行。板块之间逻辑严密，形成层层递进的关系。全文以儒家思想为论点，结合自己的实践，提炼总结出了人生处世的法条宝典。通俗中透出深奥的道理，深奥的道理又被浅显易懂的事例诠释。

第一章，立世。由 11 个小节组成，每节论点突出，论说独到。其中在第五节："立志必先立道"中这样写道："人无志，非人也。立志必须择其善，不可随心所欲，一旦指向确定，应言行一致，守死无二。"他还说："一个人在自己的生命运行中不能将自己与他人相对立，个人必须为家人，为社会，为民众承担责任，只有为国家付出代价，做出贡献，才能超越自己的生活小圈子，才有可能实现和完善自己的人生价值"……从这些文字中，我们就能清晰地看出他的价值观。扬善、自律、担当、奉献。正能量的价值观决定他对这个世界认知的深度。

第二章，修身。有 10 小节，把修身置立于人生之根本的高度，揭示其重要意义。其中在第四节："吾日三省吾身"中以曾子所言为论点，写出这样的感悟："在单位，同事之间，在社会，朋友之间，每说一句话，每做一件事都有可能会出错。这些都不可怕，只要你能够在一天过去后，静下心来像过电影一样在脑子里过一下，经过斟酌筛选，哪句话说错了，哪件事做错了，你就是一个聪明的人"……这就是修身的方法论，也是先贤给我们留下的修身经验，这些经验化成了作者的金玉良言。

第三章，悟道。共 25 小节，是这部作品的核心部分，在整体组成中分量很重。作者在这部分引用了许多案例和故事，把隐藏在文字中的道梳理出来，像给读者交了一把悟道的金钥匙，开启心智。我就选择其中两节和大家共勉。

这一章第七节："择良友而友之，择贤之而事之"中以荀子的处世观为论点。道出交友择贤的重要性。他这样写道："选择朋友对自己人生发展同样有着重大的影响。因为人生最难认识自己，自己是什么样的人，自己很难看清楚，只有把他人作为参数，才能看清自己有哪些优良品质，有哪些不良习惯……所以说，圈子决定你是什么样的人，环境造就你成为什么样的人。"这些领悟说白了就是我前面所说的"磁场"；在第 21 节"久与贤人处则无过"中有这样的话语："一个人如果经常与善人，贤人同行，同住，时间长了就会变成贤人了。如果经常和恶人同行同住，时间长了，自然而然地就会变成恶人。"说明磁场中的正负能量对人的影响是多么巨大。

第四章，践行，共9小节。这节以兄弟之情开篇，用鲜活的事例和一个家庭发展的故事为核心，强调积极心态的力量，把儒家处世之道和个人经历结合，概括出诸多条人生经验，对后人和准备创业，正在创业的人具有指导意义。

总之，亲家何秉义先生在工作之余，选择以书为友，品咂先哲留下的智慧，从中汲取精华，为我所用，用真情，真言，真悟为后人立言，体现出他是一个真性情的人。以此为序，祝愿他沿着文字之道，一路欢歌！

浓妆淡抹总相宜

——书法艺术家齐国旺其人其书

翰墨有痕，积时光成像，留人间正气相伴书香流韵，令多少人如痴如醉。

我以为，这就是书法艺术相传至今的缘由。因为所从事的职业，与各个层面上的文艺家打交道便是我的工作核心。几十年生活中遇见的人与事，结识的有为俊彦、邂逅的人品才华，非但不会随风飘逝，反而会历久弥香，清晰地留在记忆之中。书法艺术家齐国旺便是我所交往、珍视的俊彦中的佼佼者之一。

他 20 世纪 60 年代末出生于宁夏固原六盘山下的隆德。禀于父母的骨血，铸就了他执着、厚道、向善、包容的个性气质；陇山文化的厚重携带着中华优秀文化的气场，孕育了他一腔的诗书柔肠。在和他交往中，我常常被他言谈举止间释放出的谦和、儒雅气息羞赧。听他的发小说，受家庭和学校教育的双重影响，他从小便具书艺天赋，读书时已写得一手端秀的好字。

每个人的成长，都离不开时代文化氛围的熏陶与影响。齐国旺成长过程中，正值全国书法热潮方兴未艾，展事连连。参展、观摩、交流一时成为书界时尚。就在这样一个令人艺术热情沸腾、按捺不住的年代，性格气质一向深稳内秀的他，还是按部就班地潜心下首，习贴练字，十分谨慎的备战参加国展，在全国第三届正书大展中崭露头角，用心努力感受着一个新的审美时代的到来，认真消化吸收历代书家的墨韵、创作风格以及价值迥异的学术思想。在每个时代书法思想的流变中感知线条的内涵。功夫不负有心人，他的正楷在这次展览中获奖。从此，开启了他在这条道路上的修炼与向远，林散之书法传媒三年展佳作名单中有他，斩获"华坪金达"全国书法大展三等奖，折得首届宁夏书法艺术展金奖，书法作品入展全国展事 15 次等。

他勤学好问，常与身边的同道切磋、探讨、试验，在临帖与创新、传统书学与现代审美之间权衡得失，游弋取舍，苦苦思索、寻找书法之道，追求自己的翰墨梦想。

楷、行、篆、隶、草皆有涉猎，然尤喜楷书，于其临摹创作不敢稍懈。近年，又于楷书大小字转换，书体矫揉，碑帖结合，以行入楷，以隶补楷方面多有思考，并有意加强日常书写训练。

书法是中华优秀文化传承的载体，从魏晋到清，楷书林立百数，名家众多，面目各异，风格迥然，如何处之，是当下众多书法家面对的难题。为此，他大胆探索，改造固有笔法特征，从褚遂良《雁塔圣教序》刻本入手筑基，一门精进，丰富笔法，精研法度，又参以《阴符经》《倪宽赞》墨迹本笔意，以求灵动。后又兼客智永《千字文》和赵孟頫大小楷及魏碑字势、意趣、特征，着意于书写如何与姿势、手势、力量、节奏等书写习惯之结合，以防过稳而失其活，过流而失其厚，期望将自我之意融入自然书写之中，努力表现法与意之统一，追求雅逸、潇洒、文气而又不失刚劲之风格，使楷书顾盼多姿，异趣横生。

他认为，当今书法，非缺乏个性者，人各有性，物各有主。窃以为个性当以道显，自我当在法内，道愈深，性愈显。离道而趋性，若杀鸡而取卵，书道同理也。

任何一个时代，必有大潮涌动，碰撞交融时机，这样的时机必生积淀，必留珠贝。进入新世纪，中国书坛开始了从传统书法向现代艺术的转型。实用性书写与以审美为主的现代书法艺术分道扬镳，以线条美为中心、以形式美为诉求、以意境美为旨归的现代书法审美标准，得到书界的广泛认同与普及。也正是在这一审美转型中，使他清醒地意识到必须改弦易张，让书法艺术从课堂上的写字向书法创作蝶变求生。然而说起来容易，真要做起来却得走过一条漫长而艰辛的再生之路。

因为挚爱，所以舍得。

2016年担任固原市书法家协会主席、宁夏书法家协会副主席之后，他毅然决然地选择提前退休，全身心投入自己热爱的书法事业中。在教学中，他将读帖解帖、临摹示范、作业训练，点评纠偏进行有机结合，渗透熔铸。深入浅出的讲解、点画章法的演示，让学员眼明心亮，为地方书法事业培养人才、积聚人气、涵养风气，而他本人也在这一过程中成长为一名书法专业化教育的领军人物，荣获"六盘英才"称号。

纵观齐国旺其人其事其书，正应了"有志者事竟成"这句名言。自幼习书至中年有成，再加之其后经历求索与参悟。他艺术成长之路的艰辛与奋斗，虽自不必为外人道，但就我眼中所见所感，尤为常人所难企及者有以下几点：

一是他刻苦自砺、持之以恒的毅力。强烈感受购帖之乐，涤洗玄览。但见名帖名碑，也不顾囊中饱秕，得而后快；

二是他待人以诚、诲人不倦的定力。传递书写之乐和书友唱和之乐。常常在深夜，因对贴的感悟，不由得手痒心动，神来兴发。遂展纸辅毫，坦然持笔理纸，心无旁骛，自由挥洒，全心贯注体味深藏在笔画间的闲适。有时邀书朋画友来，会聚一室，抵膝长谈，论书说艺，交流切磋。几十年的书法教学生涯养成了他为师为范的良好习染与职业操守，凡向其求学者，无分男女长幼、有基础无基础，他皆视为道友，一视同仁，诚恳待之，悉心教之；

三是他取法乎上，不耻下问的过人艺术创造力。长期养成读帖习惯，读之愈久，察之愈精，好帖到手，喜不自禁，遂朝晤夕对，手摹心追，特别在尘嚣渐去，家人熟睡的夤夜捧读，灼灼灯下，一书在手，静心捧读，悟书道之理。与书中智者、仁者默默长谈，钟元常的高古、王羲之的潇洒、颜真卿的沉郁、赵孟頫的流美，如游丝一缕，如缠绵琴瑟，漫游心灵，激荡胸襟……

如果说，在长期的书法实践中，他走的是一条深入传统、取法乎上，以十分力"钻进去"的路子，那么，在向道友学习，向大家请教过程中，他则走的是一条创临结合，厚积薄发，再以十二分力"突出来"的路子。他在楷书和行书领域，深造数年，功力有加，胸次大开，尤其侧重碑体楷书与二王行草两个方面，崭露出卓尔不凡的艺术创造活力，佳作迭出，异彩纷呈。

齐国旺其人其书，可谓胸怀慈悲，五体装善，四法皆通。其碑味楷书与气畅行书尤为光彩夺目；其楷，精于用笔，点画精道，出入有象。近造像者，不板不滞；似墓志者，不浊不俗；法二王者，不佻不薄。其行书，则润枯相依，因势生形，张弛有度，顿挫时见，极具连绵起伏，虚实有度的节奏感，亦顺见疏密有致的空间布白之功。此二者，是他书作中最具审美价值的上乘书体，也是奠定他风格的代表性书作。欣赏他的书法作品，会使人想起"山色空蒙雨亦奇""浓妆淡抹总相宜"这样的诗句中的意境来……

心湖总有涟漪荡

——读何晓晴《南风徐来》

　　话说人到中年，在上有老下有小的生活状态中，生命中所携带的风花雪月以及闲情逸致早被现实挤压成粉。靠着伴随在身边的柴米油盐补充着延续生命的能量，于是，吃饭、睡觉、工作便成了一天生活的关键词。然而，人与人之间却存在着很大的差异，我周围的朋友中就有几个热力四射的人。她们宛若青春期刚刚到来，工作一马当先，井井有条，工作之余相夫教子，孝敬亲人。她们能把繁俗的日子调制出山高水长来。我真佩服她们的能耐。在这样的朋友中何晓晴就是其中之一。

　　她工作之初是一位新闻工作者，新闻报道、通讯是她的优势。之后喜欢上了古典诗词创作，而且成果丰硕，《南风徐来》就是例证。这本诗集按题材分了 5 个版块，其中《心系社稷》安排 70 余首，多是七律和七绝。这一板块，作者更多的是借国事、民生抒发情怀、表露心迹，真情激荡，意绪畅然。这与她的成长环境有关，自幼生活在宁夏南部山区，个中"咏叹"的滋味，唯有相同经历的人才能解得；第二版块《书怀盛世》安排220余首诗作，从数量可以看出这一板块作者倾注了心血，作者以亲历、见闻为题材，笔下的感悟写得都很雅致，构成了一个完整、分明，思绪飘逸、情感跌宕，有情有景、情景交融的诗境；第三版块《触景生情》收录诗作130余首，多以家乡四季景色切入，将抒怀、行吟、唱和、辞赋、古风等形式呈现，作品也是各有千秋，诗情温暖，词意浓浓；《大爱无疆》为第四版块，安排诗作120余首，这部分作品着眼人间亲情、友情，抒发作者对英雄、对劳模、对科学家的敬仰之情，感情真挚，崇敬之情覆盖了矫揉造作；《浅吟低唱》为最后一个版块，安排110余首作者笔下的词作和少量的主题模糊的诗作，充分彰显出作者驾驭语言的能力。词作感情细腻，字里行间流淌着季节更迭，人事变迁发酵后的慨叹。

在我的印象中，何晓晴是一个很有才气的诗人，作品中无论是景物描写抑或是个人抒情，都很细腻，如涓涓流水，浸润人心。以女性独到的视角、波澜不惊却阅历丰富的内心世界、对事物的认知、人生的感悟等等成就了诗作独特意象。她有着很好的文字功底，深受传统古典文学的熏陶，进入中年后将视角触摸诗词创作领域，而且作品很有个性和特点。在当下创作古诗词，她不仅汲取古典美的意象，更重要的是融入了现代生活的气息，这样的诗作就彰显出诗词的美。读何晓晴的诗词，既有古典美又有现代生活气息，更融入了女诗人的温婉柔情和忧伤思绪。"水墨山峦隐画舟，霓虹流韵锦田畴。青松笔挺涵诗意，家掩层林满景幽。"（《写意新农村》）初春安静的山野如诗如画，丝丝微风拂过，土地复苏，树绿草动；偶尔传来几声人言犬吠，但依然打不破这宁静；夜色渐来，倦鸟归巢，家园被层林掩隐，忽闪的灯光点亮了乡村振兴的蓝图。朴实无华的言语，构架出古典的美，很自然地在诗中流润。

"多情客雁又南游，剪径西风送晚秋。天地如炉吞丽日，乾坤似磨白儒头。落红饱饮凄凉意，残绿终尝缺月愁。盛景并肩随逝水，夕阳斜照一樵收。"（《晚秋寄怀》）秋天到了，大雁南飞，花叶失色，但它的光辉在积蓄力量之后将会再一次绽放，这是自然的规律。尽管霜染头白，盛景残败，但万物如此，不必伤悲，以积极的态度去应对事物的变化。语言依然质朴，深得古人韵味。"凉垂秋夜浸凄心，寒逐春花露湿襟。欲寄问兄霜染泪，重阳登眺又千寻。"（《白露思》）这首诗意味更加深长，季节变换，天气转凉，思兄之情凝结成露，重阳登高处，远眺魂归处，念兄泪沾襟。人事相亲，情深意切，语言超越时空，传递出一种不可名状的深深爱意。

何晓晴的诗作体裁多样，这在一般诗人来说并不多见。五绝、七绝、五律、七律、排律、古风、词、赋应有尽有、挥洒自如，殊为难得。在五言排律、七言排律上都做了有益尝试，并且诗意不俗。

何晓晴诗词选材广泛，大到国家之举，节日庆典。如《改革开放 40 周年感怀》："号角醒龙劈锦航，沉舟激浪自划桨。四秩华岁开新域，百位先锋百业昌。科技领衔真灼见，网连海外凤来翔。国隆家耀贤人担，特色芬芳赴小康。"小到朋友相聚，民间技艺，如《雨夜值班记》："雨弹琴谱赋秋辞，倦眼昏花酌句之。细校严编忘更几，今宵准拟睡偏迟。"《秦腔文化大院》："藏鸦古树隐山村，小道蜿蜒指对门。秦韵飘香耕读院，言辞切切感恩存。"《魏氏砖雕》："一捧青泥竟绽芳，匠心雕翅欲飞翔。凡夫自有过人赋，入眼风花栩栩妆。"《民间剪纸》："巧手翻飞剪传神，鱼虫鸟兽各占春。心优比干多几窍，满纸乾坤尽自珍。"《皮影戏》"人影同台唱古经，幽怨凄切透怖屏。惆怅深浅凭戏诉，胜败枯荣慢佐昕"等等。

从选材上就可以看出她对烟火人间的爱恋，情到之处，思绪跌宕，且行且吟。

她自嘲这些诗大多是顺口溜，其实更接近于她的内心真实，感情真挚，语言灵活，自然清新，没有故作深沉之态。品读时有春风扑面，亮光入扉的感觉。

诗言志，歌咏怀，言为心声。何晓晴多年来所创作的大量诗词作品，是她心灵之路的表述、是她精神世界的独白，更是她热爱生活、上下求索的佐证。我很佩服她中年之后依然激情飞扬，心湖荡漾。她的个性中包含着许多共性的认知，诗作中流溢着家国情怀，从感性到理性，从现实到本真，从景象到意象，作品在升华，人性也在升华，心境与诗境完美对接，高度统一，这也是每一位诗人所追求的目标。

　　文友之托难拒，因才疏学浅，故为文时只从体例和选材角度，撷取一斑发表一家之言，全貌留给方家欣赏。

　　祝愿何晓晴以诗为渡，收获"归来已是春"的硕果。